I0619027

EL HOMBRE QUE GUARDABA NOMBRES

Leonardo Garzaro
do Amaral

*Traducción
de Eduardo Langagne*

literalpublishing

This book was possible thanks to the BIPOC Arts Network & Fund Grant

Editor: Rose Mary Salum
Cover & Interior Design: DM

Primera edición, 2022

© 2022 Leonardo Garzaro do Amaral
© 2022 Traducción: Eduardo Langagne
© 2022 Literal Publishing
   5425 Renwick Dr.
   Houston , TX, 77081
   www.literalmagazine.com

ISBN: 978-1-942307-48-8

All rights reserved. No part of this publication may be reproduced, dis-tributed, or transmitted in any form or by any means, including photo-copying, recording, or other electronic or mechanical methods, without the prior written permission of the publisher, except in the case of brief quotations embodied in critical reviews and certain other noncommer-cial uses permitted by copyright law. For permission requests, write to the publisher, addressed "Attention: Permissions Coordinator," at the address below.

Printed & Bounced by Ge Country Press, Inc. P. O. Box 489
Middleborough, MA 02346-0489

CONTENIDO

1

Contaban que en aquella tierra había un hombre que guardaba nombres, y encontrar la ciudad, la calle, la casa, fue más fácil de lo que había concebido antes de la partida. Cuando fue necesario pedir información sintió que anunciaba su destino por mera formalidad, los conductores de carrozas, vendedores y dueños de establecimientos ya eran conscientes de a dónde iba, como si conocieran su necesidad a partir de su expresión o por ser simplemente el lugar para donde se dirigían todos. Respondían apuntando el brazo de forma genérica pero eficiente. Bastaba ir en aquella dirección y preguntar nuevamente, un poco adelante, sin necesidad de detallar los nombres que los políticos habían escogido para las calles, desvíos y puentes. La jornada era larga, el joven caballo recién adquirido ofrecía una montura confortable. A pesar de que avanzaba por sitios nuevos, de los cuales sólo había oído hablar, la naturalidad con que las indicaciones de los caminos le eran ofrecidas le daban la agradable sensación de estar en las cercanías de su ciudad natal.

Era una casa modesta en una calle con mucho movimiento, inundada por las voces escandalosas de los mascates, vendedores ambulantes, y los pasos de los peatones; las piedras de la calzada eran antiguas y bien colocadas, agachando la cabeza reparó en ellas así como en la suciedad de sus zapatos, se avergonzó por la condición en la que se presentaría, un caballo elegante amarrado del otro lado de la calle, el dobladillo del pantalón y los zapatos enlodados. Sacudió sus pequeñas manos contra el tejido como si pudiera así limpiarlo, deseoso de abandonar inmediatamente la posición delante de la puerta y buscar en las tiendas vecinas una ropa apropiada. Por fin desistió. Levantó el rostro apenas lo suficiente para tocar la puerta y bajar el picaporte, pasando de la luz de la calle hacia la penumbra del ambiente, doblado sobre el propio cuerpo, intentando empequeñecerse: lo habían alertado de que nadie respondería o vendría a abrirle la puerta. Le explicaron que era preciso proceder como si llegara a la casa de parientes cercanos.

—Con permis...

Conforme sus ojos se acostumbraron a la poca luminosidad, distinguió la larga mesa de madera; sentado atrás de ella, el hombre observaba las páginas abiertas de un enorme libro. Había un estante, tres o cuatro pesados volúmenes acomodados ahí y más allá algunas piezas de colecciones diversas, sillas de diferentes formatos donadas por distintas generosidades; se acercó reparando en la madera del piso, una vez más en sus desastrosos zapatos y se sentó en el borde de la silla sin hacer peso, listo para retirarse ante la mínima indicación de desagrado del guardián de nombres: parecía joven, vestía un traje bien cortado. Se dio cuenta que el enorme libro guardaba incontables secuencias de nombres, unos sobre otros, se preguntó al final de la escena si su nombre estaría ahí registrado.

—Yo… Yo requiero un nuevo nombre… Me llamo Ernesto. Las personas me llaman Ernestinho.

El guardián de nombres levantó la mirada y lo encaró detenidamente. Observando la superficie de la mesa, reparando en una minúscula marca de tinta depositada ahí por descuido, inició la narración con voz contenida, destacando con el dedo las palabras para contar que era el encargado de una fábrica de cueros, responsable no de la parte técnica, aunque de eso algo entendía, sino de la gestión de los empleados. Le correspondía controlar los horarios de llegada, salida y comida, pagar los salarios, decidir sobre los anticipos siempre solicitados. Tenía que ser firme, imponer autoridad y disciplina a los curtidores, hombres rudos que trabajaban con la ropa manchada, viendo como adversario a cualquier tipo diferente de ellos, en especial a un hombre como él. Éste había sido su trabajo de toda la vida y, además del trabajo, sus padres viviendo en el mismo espacio, el casamiento con una chica conocida de la familia, pocos estudios, ningún hijo, como único problema el perro de la vecina que ladraba mucho y solamente de madrugada, dificultándole el descanso. Nadie aparte de él, por cierto, se incomodaba con el perro: lo adoraban, no escuchaban los achaques del animal en la madrugada, la esposa llegó a sugerir que Ernestinho soñaba con aquello. Por fin dejó de importarle, a pesar del sueño entrecortado: con el buen trabajo y la buena casa, atribuía todo a la imposibilidad de que la vida fuera perfecta. Todo hombre necesitaba de algo para quejarse; a él le tocaba soportar al perro de la vecina.

El trabajo en la fábrica y las relaciones con los curtidores eran facilitados por la presencia de Jasón, el responsable de la técnica, él sí entendido. Primer empleado de la fábrica, ahí desde que la primera piel fue tratada, contaba con el respeto de los curtidores, incluso de los más jóvenes e impertinentes. Los controlaba con la mirada. Él era mayor, pero, aun así, podría derribar dos hombres sin siquiera sudar. Tal vez sudando un poco. Jasón trataba a Ernestinho con absoluto respeto y deferencia, llamándolo doctor Ernesto. Aceptaba ser reprendido en caso de atrasarse —les gustaba un rato de fútbol y un trago de aguardiente durante la pausa para el almuerzo y a veces perdían en eso algunos minutos de más—. Los demás los tomaban como ejemplo. Gracias a estos dos pilares, Jasón y Ernestinho, la fábrica se mantenía disciplinada y lucrativa, entregando un producto de calidad.

Por otra parte, estaba el mercado. Ernestinho notó una primera señal de que el año sería diferente cuando el patrón cuestionó la suma de las horas extras pagadas, pidiendo que detallase los motivos de cada minuto de trabajo más allá de lo contratado, acusando a los trabajadores de que a propósito atrasaban la producción. Continuó toda suerte de cortes de costos, le tocó a Ernestinho garantizar que bebiesen menos agua durante la jornada y que se contentasen con un almuerzo parco como refrigerio. Se alegaba que las políticas federales de cambio habían vuelto a la fábrica obsoleta de un año para el otro, aunque nada hubiera cambiado. En las tiendas de la región surgían botas y guantes baratos, de pésima calidad, pero que aun así los consumidores preferían.

El día en que el patrón lo llamó y determinó que echara afuera a una décima parte de los trabajadores, comenzando por Jasón, fue como si le hubieran dado un cuchillo y la orden expresa de matar a su propio hijo, que aún no había nacido. ¿Por qué el patrón no corría a Jasón él mismo? Porque ese era el trabajo de Ernestinho. Si no fuera capaz de hacerlo ya podía considerarse fuera con el honor de haber sido notificado directamente por el propietario. Aquel día dejó la fábrica sosteniendo un fardo cuyo peso probaba el límite de sus fuerzas. Se notaban sus maneras y expresiones trastornadas, el rostro pálido, las pocas palabras, colegas del trabajo y familiares le preguntaron lo que sucedía con él, si podían ayudar en algo. Ernestinho apenas los apartaba y bajaba aún más la cabeza sin responder. Correr a Jasón. Podría echar a toda la fábrica, pero no a aquel hombre. Si Jasón ganaba más que todos, era porque su trabajo valía más que el de todos. Pero era hacer o dejar que otro ejecutara y aun así ser echado. La noche de insomnio fue además perturbada por el perro de la vecina, que parecía poseído por una fuerza maligna al medio de la madrugada. Echar a Jasón. ¿Cómo lo haría?

No podría abdicar de la tarea, conforme el patrón se lo recordaba a cada nuevo día de indefinición. Seis noches insomnes, seis días sintiendo el peso en el propio cuerpo. Al séptimo día de la orden, pálido, el cabello despeinado, vio al patrón ignorarlo. Conversaba entretenido con un joven prometedor, recién formado en el curso técnico administrativo: inmediatamente Ernestinho mandó preparar los papeles. Recibió a Jasón a puerta cerrada y el otro, despreocupado con la convocatoria, imaginó que la expresión aterrorizada de Ernestinho significaba algún problema que el experimentado curtidor podría resolver con facilidad. Con la voz baja, incapaz de mirar a Jasón a los ojos, le explicó el tema de la desvalorización cambiaria, que de hecho no entendía, le mencionó la gratitud que siempre sentirían por los años de servicios prestados a la fábrica, le garantizó que todos sus derechos le serían pagados correctamente. Y le anunció el cese.

El rostro paralizado de Jasón... La sonrisa y la seguridad del hombre se redujeron. Primero Jasón pidió ver las cuentas afirmando que era imposible que la fábrica estuviera en deterioro, incapaz de pagarle el salario: conocía aquel negocio. Después amenazó con abrir él mismo una curtidora, hacer competencia a la fábrica, ofrecer precios por debajo del costo. También habló de la nieta que soñaba con ser doctora, afirmó que sin empleo no podría costear el curso preparatorio... Lloró. Las enormes manos sobre el rostro. La espalda convulsionando, el dolor pulsando el cuerpo con tal fuerza que parecía posible que derribara las paredes. Un dique que reventaba, llevando al gigante consigo. Delante del hombre deshecho, del otro lado de la mesa, Ernestinho, con el papel timbrado, la pluma en la mano derecha aguardaba que Jasón detuviera las lágrimas y firmara.

Cuando finalmente tomó aire y se controló, Ernestinho le dio la pluma, apuntó el lugar donde debería firmar y le pasó el recibo. Entregó las copias de los documentos y lo miró. Estaba hecho.

Jasón dejó la sala incapaz de sostenerse, caminando lento, doblado sobre sí mismo, como vapuleado. Ahí siguieron otros seis empleados que entraron a la sala en espera del golpe, sin capacidad de responder a la firme mirada de Ernestinho. Reaccionaban entre amenazas y lágrimas, con acusaciones vacías a la dirección de la empresa o a la moral de Ernestinho, pero nada se comparaba a la reacción del primero, ya no lo hacían temblar: después de ejecutar la peor de las dimisiones, se sentía mejor que nunca, pleno de sí, fuerte como si estuviese montado en las espaldas de Jasón y desde esa inmensa altura, comandara a los hombres. Dio la noticia al patrón y entregó los documentos firmados, orgulloso de sí, la quijada erguida. Aceptó los agradecimientos por la sentencia ejecutada, estuvo de acuerdo que a partir de ahí un glorioso futuro se anunciaba para la fábrica, avisó que saldría más temprano. Simplemente avisó.

Aquella noche poseyó a su esposa como en las historias que los hombres contaban, exigiendo del recato de la mujer las disponibilidades y extravagancias que, juraban, sólo existían en el puerto. Cuando el perro de la vecina le cortó el sueño, se levantó de la cama, cruzó el patio, se colgó del muro y tiró un zapato en dirección al animal, atinando. A la mañana siguiente anunció a sus padres que se cambiaría de ahí: se había cansado de vivir en espacio ajeno. Declaró además que ya no debería ser llamado Ernesto, mucho menos Ernestinho: siempre había odiado el nombre, nada tenía que ver consigo. Gastó los ahorros familiares en el caballo que siempre había soñado cabalgar. Se concedió, como jefe del departamento de personal, treinta y cinco extravagantes días de vacaciones remuneradas, utilizados para, montando, ir hasta el guardián de nombres. Presentó la solicitud: requería de un nuevo nombre, el antiguo no le decía nada. Traía consigo las críticas de los familiares y los elogios del patrón, entre las piernas, la fuerza del joven caballo: nada de todo ello le valdría sin el nuevo nombre.

El guardián de nombres lo miró despacio, sin decir nada, llevándolo a preguntarse si en algún momento pronunciaría la sentencia. Decían que rebautizaba a las gentes con intereses políticos, que en breve se lanzaría como candidato a diputado federal en una fórmula invencible. El camino hasta ahí se había mostrado infestado de comercios que le hacían referencia, se vendía miel del guardián de nombres, el pan preferido, la cachaza que antes era "del rey" o "del padre", ahora homenajeaba al nominador. Por un instante se preguntó qué tipo de hombre tenía enfrente, qué lo ponía a la altura de nominar y almacenar, guardar los nombres, por qué él y no cualquier otro. ¿No sería lo correcto que lo hiciera un doctor del extranjero? Cuando el guardián de nombres dejó de mirarlo y tomó la pluma, tragó saliva, temiendo recibir un nombre tan cruelmente horrible que lo haría desear ser nuevamente Ernestinho.

—Jasón. Ése es el nombre.

Después del elegante diseño de la primera letra, surgió la palabra completa. Supo que nada se esperaba de él, excepto que se retirara. Volvió a la calle pasando las sílabas por la lengua, cuando montó el caballo, notó que sonreía: Jasón. ¡Éste era su nombre! Picó suavemente al caballo con los talones, instigándolo a avanzar apenas, para poder sentir los músculos del dorso del animal moviéndose entre sus piernas. Ansiaba regresar lo más de prisa posible, mostrar a los curtidores y a la familia que Jasón estaba ahí, siempre con la cabeza erguida, listo para, él solo, garantizar el funcionamiento de la fábrica. Lo otro podría haberlos decepcionado, forzado bajo el peso del nombre: el nombre jamás se doblaría. La vasta planicie, el excesivo sol, las fieras ocultas, inclusive el patrón, con sus teorías mercantilistas se rendirían, como siempre, al invencible Jasón.

Cuando llegara, mandaría matar al joven caballo y usaría el cuero para fabricar, él mismo, las más confortables botas: el animal se sentiría agradecido. Ciertamente, ya se sentía honrado por traer a Jasón sobre el lomo.

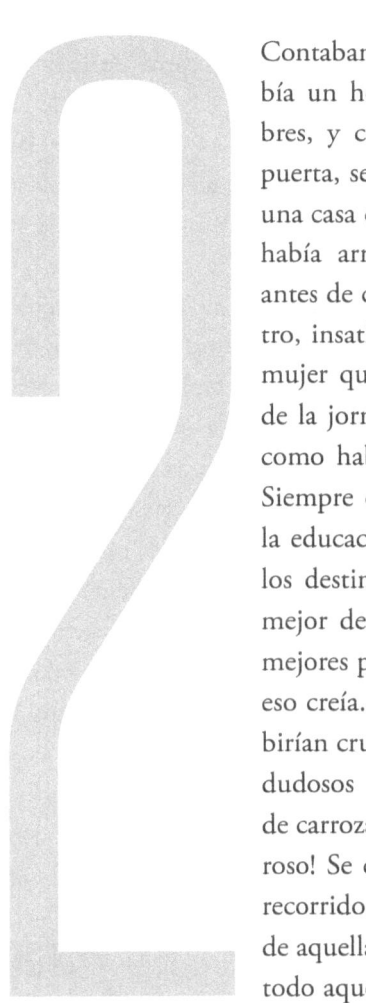

Contaban que en aquella tierra había un hombre que guardaba nombres, y cuando finalmente cruzó la puerta, se sintió aliviada por estar en una casa que aparentaba decencia. Se había arrepentido del viaje incluso antes de completar el primer kilómetro, insatisfecha con la condición de mujer que viaja sola, con el motivo de la jornada y del secreto: el modo como había sido enseñada era otro. Siempre confió en que la castidad y la educación la llevarían al mejor de los destinos. La madre decía que la mejor de las chicas escoge entre los mejores pretendientes, y de hecho en eso creía. Los padres jamás la concebirían cruzando la provincia, bajo los dudosos cuidados de un conductor de carrozas y ¡por un motivo deshonroso! Se cuestionó, a cada kilómetro recorrido, en cuanto a la necesidad de aquella aventura trágica: ¿para qué todo aquello? No se reconocía en sus gestos. Además, tenía dudas sí el plan con la prima, que protegió el sigilo de la jornada, funcionaría. Tal vez no pudiera retornar incólume. Tal vez el padre irrumpiría, cinto en mano, casa adentro, al instante siguiente, para azotarla de vuelta hasta su cuarto y su colección de muñecas. Ansiosa, apretaba las uñas de una mano contra la carne de la otra, maltratando la piel. Estaba todo contra ella. Desde que lo distinguió, entre todos, en el paseo público, no se reconocía: si pudiera recomenzar todo, recomenzaría— al final estaba ahí, felizmente amparada de la indecencia de la calle y de la búsqueda de un domicilio extraño.

Retiró el chal de la espalda y lo acomodó en el mueble cercano a la puerta. Decidió que la casa no ofrecía ningún peligro a su propia honra; le bastaba la deshonra del viaje. Temía que el guardián de nombres fuera uno de aquellos viejos, presumiblemente respetables, que en la iglesia prefieren sentarse al lado de las jóvenes para, sin querer, buscando apoyo para su espalda frágil, tocarles los muslos, los desgraciados. Ahora, sin embargo, todo parecía exactamente como la prima le había dicho: el hombre ni siquiera levantó los ojos, concentrado en el libro que tenía delante de él. La habitación sumergida en un enorme silencio, construida para pocas palabras, una catedral cuyo altar eran los libros. Los muebles, oriundos de diferentes mueblerías, el suelo sucio, la silla que la invitaba: avanzó casa adentro, se sentó con las piernas bien juntas. La boca se le secó cuando el guardián de nombres finalmente levantó los ojos, descansó la pluma —la misma que su padre usaba— y la encaró, no pediría agua, a pesar del llamado de la sed.

16

—Yo vine por un nombre.

La voz sonó altiva, como pretendía, sin embargo, sintió que sus mejillas se calentaban. Su regazo ciertamente se cubría de una inmensa mancha rojiza, las axilas se humedecían. Una vez más, el cuerpo la traicionaba. Estaba segura de qué sólo lo vencería cuando revelara, de una vez por todas, el secreto de las cosas. Era sobre todo importante aprender a estar ante la presencia de un hombre —o de muchos, como decía la prima, provocando—, sin que la piel la denunciara. Tal vez fuera necesaria toda una vida para aprender, pero no era hora de pensar en eso: toda la historia la había hecho una mujer de pensamientos confusos. Cuando percibió que observaba sus propias manos sobre el regazo —¿dónde fue que había manchado su falda?—, levantó los ojos y miró frente a frente una vez más al guardián de nombres, atento a ella.

—Yo vine por un nombre —repitió controlada —Pero no es un nombre para mí.

Como si sólo una frase separara el secreto de la revelación, se dispuso a contar todo. Necesitaba decirle al nominador sobre un hombre que había conocido. Se exponía igual que al confesar los pecados al padre, interesada en liberarse del más mínimo pensamiento viciado para finalmente comulgar. Reveló hasta aquello que ni siquiera se había atrevido a confesar a la prima, partiendo del día en que cambiaron la primera mirada, detallando cuánto había pensado en él, a la hora de dormir, decidiendo investigar su nombre y orígenes antes de finalmente dejar caer el pañuelo que lo convidaba a la gentileza. Nadie sabía nada de aquel hombre, excepto lo que era evidente: las ropas de buena confección, el sombrero importado, el gusto por los caballos y los juegos de cartas. Le recomendaron discreción; que esperase la revelación de su carácter. Debería dejar que otra tomara la delantera, volviendo públicos hábitos que tal vez la desalentaran. La perspectiva de otra pretendiente la hizo perder el sueño: ¿de qué valen los consejos, cuando se está con fiebre? En la tarde siguiente, abandonando la prudencia, dejó caer el pañuelo y dibujó una sonrisa cuando lo recibió de regreso. Se sentaron a conversar.

Acomodó el cuerpo de lado, delante del guardián de nombres, para representarse a sí misma en aquel primer diálogo: se presentó como John Diamond, la madre brasileira, el padre inglés. Había crecido en Nueva Escocia, donde la familia criaba caballos. Había estudiado en los mejores colegios y cuando estaba listo para la universidad, manifestó el deseo de ver el mundo. El padre estaba en contra, la madre intercedió. Le autorizaron un año sabático en aquella tierra, para que conociera los propios orígenes y, quién sabe, encontrara un negocio para que la familia invirtiera. Personalmente, pensaba que el ganado vacuno sería buen negocio: ¿qué pensaba ella?

Explicó al guardián de nombres que nadie nunca le había pedido su opinión sobre algo importante, mucho menos un hombre, mucho menos sobre negocios. Aquello era de una modernidad asustadora, agresiva: ¿qué podría decir? Aun así, recordando cada clase recibida, mantuvo la espalda recta, el tono de voz adecuado, y se esforzó por hacer un análisis inteligente, mencionando que era necesario encontrar la raza de ganado que mejor se adaptara a la zona y considerar la viabilidad para importar las máquinas necesarias para la operación. Él sonrió, aprobando su opinión —la opinión de ella, ¡sobre un negocio de ganado de corte con capital extranjero!

Suspiró, larga y profundamente. Contempló algo que sólo ella podía haber posicionado en el infinito.

A partir de aquel primer diálogo, las cosas evolucionaron de prisa, exactamente como deseaba. Al día siguiente pasearon lado a lado, conversando bajo todas las miradas y el sábado él la visitó para pedir a los padres que consintiesen su noviazgo, encantándoles con sus maneras. Cuando discutieron de política la alentó, estimulando que opinase. Confesó los antiguos problemas con su padre y también la nostalgia que sentía por él, a pesar de las divergencias. El padre de ella lo aconsejó y pareció aceptar. Encantada, la madre los autorizó a estar un poco solos, en la sala. En la sala oscura, solita con John Diamond. Ahí ya estaba perdidamente enamorada.

No le dijo al guardián de nombres que le repetía el nombre, John Diamond, con placer, mientras él la besaba en el cuello… No mencionó toques indiscretos, ni la piel sudada, tampoco el susto cuando la madre, desde lo alto de las escaleras, anunció que ya era hora de que el caballero se retirara. Contó que, respetuosamente, la besó en la mano, a la puerta, y que ocho meses después anunciaron el compromiso en una cena reservada a los parientes cercanos y amigos de la familia. Imaginaba con la prima los regalos que obtendría en el casamiento y se burlaron de las chicas de la

El HOMBRE QUE GUARDABA NOMBRES | LEONARDO GARZARO DO AMARAL

ciudad que se retorcerían de envidia: ella se casaría con John Diamond en una ceremonia que la ciudad recordaría durante cinco décadas. Ella sería la señora Diamond, ¡la señora Diamond! ¡Era un sueño que equivalía a ser descubierta por el príncipe en medio de la plebe y elevada a la realeza! Para quedar bien con la familia de él, necesitaba aprender inglés. Le urgía también retomar las clases de francés. Mientras las otras rondaran por el paseo para escoger el momento de dejar caer el pañuelo, ella estaría en un vapor, camino al extranjero, en una cabina particular, ¡la cabina del señor y la señora Diamond! ¡Todo aquello era mucho más de lo que jamás había soñado!

Suspiró largamente.

Los problemas comenzaron inmediatamente después del compromiso, en seguida de la fecha convenida y el vestido encomendado, cuando se estaba decidiendo finalmente el relleno del pastel. Le preguntaba repetidamente cuándo llegarían sus padres, cómo habían reaccionado a la noticia, si prefería alquilar una casa para que estuvieran cómodos o recibirlos en la casa de sus padres, puesto que ahí no había hoteles. El novio también evitaba la oficina de registro, esperaba los documentos para registrar las proclamas. No que él se negase, era necesario explicarlo correctamente al guardián de nombres: él sonreía adorablemente, se arreglaba el sombrero, la besaba en la cabeza, pidiendo que no se preocupara. "Todo está bien, pequeña", era lo que adoraba decir. Una noche, sin embargo, tuvo un ataque de ansiedad. Dio vueltas en la cama durante la madrugada, especulan-

20

do el porqué de tanto misterio: ¿sería así en el extranjero, y ella era maleducada, o había de hecho alguna cosa ahí? ¿Y si fuera casado? ¿O forajido? No podía dormir ante tales posibilidades trágicas incluso convenciéndose a sí misma de que estuviera tranquila, no había de ser nada, lo conocía por la mirada tierna, por los latidos del corazón, por la delicadeza de los gestos. No era un hombre de ahí, había tenido otra educación; así era por allá, ¿no es cierto? Esperaba que sí… Dios que la ayudara… Pedía por todos los nombres de lo sagrado, que fuera algo de su cabeza.

Suspiró. Largamente.

A la mañana siguiente, decidió actuar con tranquilidad e inteligencia, abordándolo por la tangente. Sin duda, era lo mejor por hacer. Tenía un plan y un objetivo. Cuando lo encontró, además, rechazó el beso, le prohibió tocarla, percibió las lágrimas en sus ojos cuando lo acusó de engañarla, volteándose de espaldas para ni siquiera verlo. Actuando exactamente al contrario de todo lo que había planeado. ¡Casi le escupió el rostro! El novio intentaba consolarla, le pidió que se sentaran: ella tuvo un ataque, lo insultó, le preguntó a quemarropa si creía que era idiota, exigiendo que le mostraste los documentos, arriesgándose a decir que ya sabía todo sobre él y que sólo esperaba la confesión. Cómo quería que él abriera la cartera y exhibiera el pasaporte, callándola, para enseguida mostrarse ofendido… Si estuviera equivocada, seguramente se ofendería: ¿qué justo no se ofende al ser calumniado? Pero él se mostraba cariñoso, intentaba consolarla hablando del casamiento próximo, lo que le daba seguridad —¡la maldita seguridad!— de que había algo equivocado. ¿Quién era, de verdad, aquel desgraciado? "¿Quién eres, de verdad? ¡Quiero escucharlo de tu boca!" Apuntó el dedo contra él como si empuñara un cuchillo. Sentenció: esa era la hora de confesar, o nunca más la vería.

Él se sentó, como si sus piernas hubieran perdido fuerza. Por el extraño movimiento de su garganta percibió que tenía la boca seca. Estaba blanco, sudado, como si estuviera próximo al desmayo. Sentía pena, ganas de confortarlo. Sentía rabia por los sentimientos a los que él la obligaba. Temía la confesión. ¡Dios!, ¿qué era lo que aquel hombre escondía? Pedía que fuera algo digno de perdón, quería disculparlo, aunque estuviera lista a estrangularlo. Que dijera de una vez lo que era, ¡el cobarde, el estúpido! Que estuviera tranquilo, pues lo perdonaría, pues lo amaba.

Con la voz temblorosa explicó que no era casado, y el matrimonio podría proseguir conforme habían soñado. No había lejos de ahí una esposa y seis niños engañados por su ausencia, tampoco era acusado de algún crimen. El padre era inglés y vivían en Nueva Escocia, aunque la cría de caballos y la propiedad fueran mucho más modestas de lo que su traje bien cortado y el sombrero y sus gustos hicieron parecer. Se trataba de una quinta, un sitio pequeño, con no más de siete caballos que ahí iban creciendo, la mayor parte del año el padre y los hermanos trabajaban en una propiedad ajena y recibían como paga una parte de la producción. No estaba buscando oportunidades de inversión, sino cualquier cosa que no fuera el mismo destino de sus hermanos. Le valía cualquier camino que no significara las manos encallecidas y el frío penetrando por las grietas de la casa adormecida.

—Aquello no era nada, vea usted, no era nada. Yo había sufrido insomnio imaginando estar comprometida con un estafador o con un asesino prófugo, cuando el único secreto era que su padre no era próspero, aunque fuera inglés. Un marinero que había conocido a una provinciana y la había llevado a Nueva Escocia para criar seis hijos y siete caballos; si fuera apenas eso, no era nada. Le acaricié la cabeza inclinada y le dije exactamente estas palabras, "eso no es nada, John, todo está bien", lo dije en ese tono, con ese cariño, lo que lo hizo levantar el rostro revelando los ojos enrojecidos y las mejillas con la piel resentida por haber sido presionada por los dedos. Me miró de frente y finalmente soltó la verdad, el secreto: no se llamaba John Diamond sino Claudinei da Silva. Como había nacido aquí el padre decidió registrarlo conforme a la moda de aquí... Claudinei, no John Diamond... Claudinei.

Describió al guardián de nombres su vista borrosa, las piernas de súbito perdieron su fuerza, las manos le hormigueaban... No supo cómo llegó a casa de sus padres y a su cuarto. Cuando retomó la conciencia, recordó todo y lloró copiosamente. ¿No sería entonces la señora Diamond, sino una Silva? ¡Era increíble! Qué destino desgraciado: ¿cómo había podido enamorarse de aquel pillo? Es como escoger entre el casamiento y el apellido, entre tener un Claudinei por marido, ¿o sacar fuerza, firmeza, indignación, para nunca más verlo? Quería ambas cosas: casarse, pero también olvidarlo. Lloraba, inconforme con el destino ingrato; qué miseria. Cuando contenía las lágrimas, visualizaba la disolución del compromiso, las personas comentando, el padre cancelando la encomienda del pastel y del vestido, y no deseaba aquello, quería casarse. Por eso, entonces, pronunciaba el nombre del novio en voz alta, Claudinei da Silva, y torcía los labios con disgusto: ya se había apegado demasiado a la idea de ser la señora Diamond, esposa de John Diamond, para simplemente conformarse.

La prima fue la única autorizada a entrar al cuarto: en renovadas lágrimas, le confesó sus aflicciones. Percibió que la prima se satisfacía con su falta de suerte, ¡aquella envidiosa, insidiosa, mal amada!, no obstante, le dio una esperanza: ¿y si cambiaran el nombre del novio? Con seguridad él estaría de acuerdo, y bastaba buscar al guardián de nombres y exponer el caso. Sería una aventura romántica, ella sería una heroína, venciendo los peligros de la jornada por el nombre del amado. Estaba decidida: sólo se casaría si el guardián de nombres le cambiase el nombre, conforme deseaba. Así, ahí estaba, bajo la protección de la prima, que aparentaba frente sus padres que ella se había encerrado en el cuarto. Todo lo que quería en la vida era que el guardián de nombres, por el bien de su felicidad, cambiara el nombre del novio a John Diamond, permitiéndole convertirse en la señora Diamond. Le entregaba sus sueños y todo su futuro; si él quisiera dinero, pagaría lo que fuera necesario.

El guardián de nombres levantó la palma de la mano ordenándole que no avanzara más de aquel punto. Decían que el nominador escribía el nombre varias veces en hojas dispersas antes del registro, pero aquella vez fue directo al libro, provocándole una sonrisa, por la certeza de que la atendería: era un caso muy simple, no le costaba nada, por cierto. ¡Sólo escribir el nombre en la hoja! Estiró el brazo que sostenía la pluma tintero, y entonces apuntó hacia el gran libro, en el cual trazó, sin vacilar: Claudineia da Silva. La miró de frente, frío. Sentenció:

—Es el nombre. Ahora vete y nunca más regreses.

Una vez más, sintió que su vista se nublaba, sus piernas perdían fuerza, las manos le hormigueaban ante la ofensa. Trastabilló hacia fuera, sofocada, en tal estado que el conductor de la carroza la cuidó y aceleró a la pareja de caballos rumbo a casa de los padres de la chica, temiendo que muriese dentro de su carro, arruinándole el negocio. Retomó la conciencia bajo la mirada de la madre, y reveló toda la historia en una narración simple y sin lágrimas. Anunció su deseo de nunca más ser tratada con el nombre antiguo, y de casarse de una vez por todas sin mayores floreos.

Le contaron que el novio había estado de acuerdo con todo y que había recibido bien la noticia. Más que eso: dio una inmensa sonrisa, y desde entonces estaba visiblemente feliz, aguardando por la fecha y la oportunidad de verla. Contaban que se decía el más feliz de los hombres, y que sus ojos brillaban, reluciendo como diamantes.

Contaban que en aquella tierra había un hombre que guardaba nombres, y a pesar de vivir tan cerca nunca se había interesado por el personaje. El padre se esforzaba diariamente en enterarlo de las relaciones de poder de la región, pasarle las prácticas comerciales que, durante generaciones, sostenían bien el nombre de la familia, insistiendo que ya tenía la edad para sentarse entre los hombres y tal vez emitir opiniones, siempre que fueran bien ponderadas: sus intereses, después de todo, estaban tan más allá de aquello que no era capaz de decir dónde estaban. Fingía dormir hasta tarde, o despertaba antes que la familia y salía a la calle; dejaba la escuela rápidamente para que los hermanos menores no le acompañaran el paso, o argumentaba que le era necesario pasar la tarde entera estudiando en la escuela, así escapaba de las frases bien puntuadas y exageradamente afirmativas del padre, expuestas con el único objetivo de separar el mundo y todas las posibilidades del mundo en dos únicas categorías. Cada hombre necesitaba escoger entre la decencia y la perdición. Los monólogos paternos sólo llegaban a su fin cuando afirmaban, repetidas veces, la elección de una vida decente. En su intimidad, no obstante, sentía que tal elección no le servía, quedaba entonces solamente la otra.

Se quejaba siempre con un mismo amigo de todo lo que lo incomodaba del padre —ni siquiera soportaba el modo como cortaba los alimentos, pues usaba el cuchillo en el almuerzo ordinario con extraordinaria gravedad— y el amigo tuvo la idea de buscar al nominador. Juntos, y a escondidas, ya habían probado cigarros y cachaza, hojeado revistas impropias, ya habían tirado piedras a los carros y blasfemado lo suficiente para avergonzar al más antiguo antepasado. Escabullirse por el centro populoso de la ciudad cercana y consultar al guardián de nombres, a quien los padres de ambos insultaban, afirmando que representaba el atraso y la idolatría, que impedían a aquella tierra desarrollarse, les parecía un paso lógico. Y dada la naturaleza de los últimos conflictos con el padre, iniciados desde que había alcanzado la edad, la consulta parecía ser realmente necesaria más allá de la afrenta.

Entró él solo: el amigo se mantuvo a la puerta, atento, listo para correr y pedir ayuda. Dentro de la casa caminó en dirección a la enorme mesa, sobre la cual estaba puesto el libro, sintiendo que sus axilas se humedecían. Daba pasos ligeros, mantenía, sin darse cuenta, los ojos muy abiertos. Tampoco notaba que sus propios gestos eran de una fineza y una educación ejemplares, el tono de voz firme, sin embargo, moderado al anunciarse, la mirada directa, pero no impertinente, paciente al aguardar que el nominador levantase los ojos para escucharlo. Impugnaba al padre con las mismas maneras que él le había enseñado.

—Yo soy… Necesito un nombre.

Se sentó cuando el guardián de nombres le señaló la silla, manteniendo el delgado tronco erguido, las manos sobre la pierna, el pecho expandido. Contó a qué venía del modo como lo había imaginado la noche anterior, exigiéndose el vocabulario adecuado, en frases cortas y bien puntuadas. Había nacido en una buena familia en la cual la tradición imperaba. Así había sido cuando el abuelo era joven, y también el bisabuelo. El padre le daba libertad, siempre que no faltara a sus obligaciones. Siendo el primogénito, le correspondía proteger el buen nombre de la familia, los derechos futuros y deberes presentes, que le concernían más que a los otros.

Soportaba aquello, pero nunca lo había apreciado. Lo soportaba principalmente porque más allá de la casa paterna, podía ser otro. Cuando escapaba a la calle, en el campo que rodeaba la ciudad, en la periferia, era Lagaña, revelando, entre los amigos, su verdadera naturaleza. Había ganado el apodo porque dejaba la casa demasiado temprano y excesivamente dispuesto, los ojos aún sucios por la noche bien dormida. Y el apodo se hizo afrenta, personalidad y placer: ¡ese era quién era!

En las actividades comerciales, entre los religiosos y hombres de respeto, el padre había oído hablar de un muchacho afrentoso conocido por Lagaña, un mal tipo ciertamente oriundo de una mala familia. Recomendó a los hijos —y en especial a él— que se mantuvieran distantes del tal Lagaña. ¿Qué nombre era ese? No podía ser buena cosa. El nombre lo anunciaba, insistía el padre. Cuando pasó apresurado en frente de la tienda de su padre y un cliente comentó que "ahí iba Lagaña, apresurado, buscando problemas", el padre sintió primero que las piernas le flaqueaban, el pecho adolorido, la sangre por vaciarse del cuerpo. Después vociferó, cerró el comercio más temprano, peleó con la madre, lo esperó en casa con el cinto sobre las rodillas. Lo castigó aquel día como nunca antes. Estuvo obligado durante días al silencio de su cuarto, como jamás había estado. El castigo terminó con un largo discurso del padre, y la sentencia: deberás escoger una vida decente o irte. En breve completaría la edad, y en el ritual conocería su segundo nombre, el nombre secreto, escogido por el padre en su nacimiento y por revelarse apenas cuando se hiciera hombre entre los hombres. El padre lo previno que, al alcanzar la edad, cumplir el ritual y recibir su nombre secreto, nacería como hombre, moriría como niño. Y así moriría Lagaña.

El regaño y la paliza parecían haber corregido su espíritu. Se compuso, preparándose para el ritual. Se dedicó al alfabeto antiguo, conoció los cánticos, se probó las ropas tradicionales y memorizó los gestos. Cuando el amigo se asomaba por los alrededores de la casa, proponiendo una pequeña aventura, lo evitaba: le parecía que Lagaña, antes incluso del ritual y de la revelación del nombre secreto, se había retirado, el nombre planeando sin cuerpo, como un mal espíritu.

Vinieron los parientes a celebrar la edad, vinieron los sacerdotes. Se preparó un banquete, el padre observándolo orgulloso, seguro de la eficacia de su método. Un fotógrafo contratado registró a toda la familia después del ritual, y por primera vez se vio puesto entre los hombres, elevado por encima de las mujeres y los niños. Cumplió de forma ejemplar todo lo que le era exigido y la satisfacción colmó todo el cuerpo del padre, que resplandecía. A partir de ahí era un hombre, conocedor de los secretos de la familia y del mundo. Había conquistado independencia, libertad. Conocedor del misterio, lo usaría en nombre de lo sagrado y de la familia, por el bien, antes de cualquier otra cosa.

—Aquella noche, sin embargo, no pude dormir…

Buscó al amigo apenas la familia lo dejó, aprovechando la confianza que el padre había vuelto a depositarle. Confío a su compañero que el nuevo nombre le incomodaba: se lo reveló, indiferente al secreto. Imaginaba que se trataba de una palabra fuerte, elegante, pero en realidad era extraña, una combinación curiosa de sílabas, silbidos y vibraciones que más parecían un gruñido —o un eructo—. Sabía que se trataba del mismo nombre del bisabuelo entregado a él en la más sagrada de las tierras cuando también alcanzó la edad, pero no conseguía pronunciarlo sin evitar disgusto —o asco—. ¡Aquello nada tenía que ver consigo! Podía memorizar los cánticos, aprender el alfabeto, aceptar el traje en compañía de los hombres, el asiento distante de la madre y de los hermanos, fingir estar de acuerdo con las afirmaciones del padre. Podría, inclusive, ¡estar verdaderamente de acuerdo con ellas! Sin embargo, era incapaz de responder a aquel nombre, vestirlo, usarlo o responder a él. Lo odiaba. Era un peso mayor de lo que podía soportar —¡no podía!—. ¡Era exigirle demasiado! —y diciéndoselo al guardián de nombres se dio cuenta que jadeaba, desesperado como si el nominador fuera el último juez, el último de los habilitados a dispensarlo de la pena:

—Quiero volver a ser Lagaña, o cualquier otro distinto al revelado. Cada vez que me tratan con el nombre del bisabuelo, ¡siento como si me estuvieran insultando!

El guardián de nombres aceptó, confortándolo con la tranquilidad de su mirada. Le señaló la jarra de agua, invitándolo a servirse. Cuando se terminó el vaso, agradeció, suspiró profundamente y sonrió con los ojos humedecidos, ya no era el hombre que había realizado el ritual, sino el niño que siempre había sido.

—Los nombres aquí guardados son carne, viven conforme vive el hombre que los carga. Se pudre el nombre, si es dejado de lado, también se pudre el hombre. Los nombres escritos aquí son como el cuero cuando se seca: diseñada la forma, no puede ser alterada sin que se destruya la pieza.

Si dejara la casa registrado con el nombre del bisabuelo, se volvería aquel, asumiendo a partir de ahí no sólo los silbidos y la pronunciación del nombre que ni siquiera al patriarca agradaba, sino también la responsabilidad sobre el padre y toda la familia. Sería la ley de la casa, actuando por la moral del bisabuelo y en su nombre. Por otro lado, podría registrarlo como Lagaña, y ese sería él, en definitiva. El padre no lo castigaría, conservando sobre todo una inmensa tristeza. Lo tratarían como un desperdicio. Los derechos y deberes en la casa pasarían al siguiente hijo varón. No exigirían nada más del primogénito. Sería libre para estar en la calle o en el campo, para ir a la escuela o para huir de ella. Escogería por sí mismo, exonerado del enorme peso de la tradición. Sin embargo, si se cansara de aquello, no habría regreso: ¿creía posible casarse y constituir casa, dirigir los negocios, tener hijos y enterrar a los padres bajo el signo de Lagaña? ¿Sí o no? En aquella casa y en aquel libro, el nombre era una sentencia. Era indispensable que lo supiera.

—Es complicado —los ojos muy abiertos, la mano deteniendo la cabeza y despeinando los cabellos— Creí que usted me daría el nombre y listo.

Guardaron silencio. El muchacho se veía por las calles y barrios que debería evitar, haciéndose el gracioso con las chicas desconocidas, pateando el balón en el horario reservado al deber: escogería Lagaña. Era quien era. No soportaba más apartarse de todo aquello para escuchar las frases cortas y bien puntuadas de su padre, plenas de secretos que le parecían sin importancia. Un instante después, sin embargo, se vio en las mismas actitudes después de diez años, la barba cerrada que le permitía ir a cualquier calle y barrio, o provocando inconvenientes a las mujeres casadas y con hijos, pateando el balón en medio de los chicos que deberían estar en la escuela. Escogería el nombre del bisabuelo. Era quien sería. Decidiendo ahora, no obstante, perdería tanto...

—Yo... ¿Es necesario escoger ahora mismo?

Con una sonrisa en los labios cerrados, el guardián de nombres movió negativamente la cabeza, sin decir una sola palabra. Entre un nombre y otro, podría simplemente no escoger ninguno.

—¿Y me puedo ir, aunque continúe así?

El guardián de nombres asintió. Podría y debería seguir siendo ambos, Lagaña entre los amigos, disfrutando plenamente todas las posibilidades que el nombre ofrecía, y el patriarcal delante del padre, respondiendo a los deberes del nombre y exigiendo los derechos. La dualidad era una dádiva. Si no estaba de acuerdo, que regresara: ahí estaría siempre, guardando los nombres.

Se levantó de un salto, satisfecho, sonriendo jovialmente mientras agradecía con ambas manos al guardián de nombres. Agradeció y dejó la casa con pasos súbitamente apresurados, algo desencajado, encontrando en la puerta al amigo, que le pasó un cigarro para toser juntos. Había entrado a la casa serio, tenso. La dejaba como si el ritual aún estuviese por venir.

—¿Y entonces?

—La casa parecía un museo, una tumba, quién sabe. Tenía una mesa gigante, todo oscuro. Le dije al amigo que yo tenía que ser Lagaña, lógico.

—Lógico.

—Él escribió, "La-ga-ña" en el librote. Un montón de nombres de gente importante, y entre ellos un Lagaña. Está hecho.

Rieron y se lanzaron calle abajo, provocando a los muchachos menores y silbándole a las chicas. En el camino de regreso, arrojaron piedras al río, destruyeron un hormiguero, apostaron una carrera, jugaron a sorprender al otro con un golpe en el brazo. Contaron historias de valentía exageradas. Quedaron de, en breve, probar el whisky. Exhaustos, se despidieron para estar en casa a la hora exacta en que los padres los esperaban.

Delante de la familia, no mencionó ninguna de las aventuras del día. Se bañó, se cambió de ropa, le preguntó a su padre cómo andaban los negocios y ayudó al hermano más pequeño con la lección. Atendió a su madre, estuvo de acuerdo con una opinión del padre, agregó un punto de vista propio, con frases cortas y bien puntuadas. Se sentó a la mesa y aguardó en silencio a que la cena fuera servida. Reprendió con la mirada a la hermana cuando ella intentó rehusarse a cenar en la mesa.

Cuando todos se sentaron, satisfecho, el padre le ofreció el honor de conducir las oraciones, por primera vez y de ahí en adelante. Aceptó.

Contaban que en aquella tierra había un hombre que guardaba nombres. Después de tres educados toques en la puerta, entró pidiendo permiso. Se sentó y sintió que le dolía una vez más la cintura; sus brazos y piernas estaban recuperados, pero el hueso de la cadera reclamaba aún las tres noches de sueño en el duro suelo de la delegación. Estaba tranquilo ahora, dispuesto a aguardar sin prisa que el nominador levantara la mirada y lo atendiera.

Debería haber partido hacía mucho: en su ausencia, por cierto, los competidores se adelantaban, removían a escondidas la parte que le tocaba del yacimiento recién descubierto. Cada segundo desperdiciado lo perjudicaba, pero, luego de tres días enteros perdidos en la celda maloliente apenas para que se calmara, no tenía por qué tener prisa.

Necesitaba controlar el genio que lo dominaba, definitivamente…

Nunca se imaginó visitando al nominador; a lo largo de sus años de vida ni siquiera lo había pensado. Le gustaba su propio nombre, aunque era extraño; ya había decidido que, cuando tuviera hijos, los bautizaría a todos con la misma letra, de acuerdo con la moda, sin necesidad de consultar a nadie. Eran solamente nombres, no hacía gran diferencia. Incomodarse de más con aquello le parecía un pasatiempo de los adinerados. No perdería el tiempo con boberías mientras la gema lo aguardaba.

La gema. Atendía a las noticias que los viajeros traían de yacimientos recién descubiertos, tierras tan vírgenes que ni nombre tenían, en las que el oro podría ser tomado directamente del lecho de un río raso. No debería preocuparse con nada más allá de encontrar la gema que lo esperaba, y así sería, si no fuera la desgracia con su nombre.

—¿Va a tardar? ¿Puedo comenzar? ¿Cómo funciona esto?

Sin contenerse, lanzó la descortesía contra el guardián de nombres, que parecía ausente, los ojos olvidados sobre el enorme libro. La prisa le vino repentinamente, y se sentía capaz de agarrar al otro por el cuello y sacudirlo. Rechazó el vaso de agua ofrecido por el nominador, se irritó con su inamovible tranquilidad. Preguntó una vez más, ríspido, cómo funcionaba aquello. Se arrepintió enseguida, pero no se disculpó. Respiró, contó mentalmente hasta diez, y anunció, cortésmente, a qué venía:

—Me llamo Vesubio, pero necesito otro nombre…

Le agradó darse cuenta de que el guardián de nombres lo observaba atento, muy concentrado en cada sílaba y en cada gesto. Basta perder la paciencia y todos ofrecen la debida atención, el debido respeto… Explicó que, todavía jóvenes, sus padres habían inmigrado, huyendo de la pobreza y de los riesgos del volcán, que amenazaba la villa donde habían nacido. Tuvieron tres hijos, y los bautizaron Vesubio, Estrómboli y Edna.

—Debería ser Etna, pero el empleado del registro lo entendió equivocado.

Cuando las cuentas apretaron, el padre se lanzó a la búsqueda del oro. Soñó que se encontraría una gema, decía que la fortuna lo llamaba en medio de los sueños. Estaba en lo cierto. Cuando él ya dejaba la infancia, el padre entró a la casa, completamente cubierto de tierra, y depositó en la mesa el amasijo. ¿Qué era aquello? Ahí estaba la gema, un brillo sucio, insignificante, que contrastaba con los ojos del padre.

La vida mejoró. El padre adquirió un automóvil y comenzó a trabajar como chofer, dedicándose a combatir a los ilegales por ser el único que tenía licencia. La vida empeoró. Abandonó los estudios para buscar la gema, que comenzó a llamarlo por la madrugada —heredó la fiebre del padre—. Soñaba con una casa enorme, en conquistar el mundo. Se veía, antes de levantar la mansión, viajando por la tierra de sus antepasados, acompañado por sus hermanos. Un fotógrafo registraría a cada uno enfrente del volcán que les daba nombre. Los hermanos, tan estudiados… ¡Les pagaría el viaje y cada café!

Ya había completado una década buscando la gema… Era su destino, pero parecía atrasado. Para su padre había sido más fácil. En los últimos años trabajaba concentrado al máximo, sin desperdiciarse en oportunidades menores. La gema latía bajo la tierra, llamándolo, impidiéndole el descanso, amenazándolo con el riesgo de ser rescatada por otra suerte y no la de él. No tenía casa, ni mujer, ni hijos, nada sino aquella sed. No obstante, lo perjudicaba la bufonada de su nombre, las tres noches encarcelado gracias al nombre. ¿El guardián de nombres sabía de lo que hablaba? No era un hombre de enojarse, pero las provocaciones eran cada vez más frecuentes. Se volvió motivo de burla. No podía aceptar aquello.

Había comenzado con una marcha de carnaval. Era un día común, y estaba atento a los comentarios sobre minas de oro recién descubiertas. La oportunidad residía en aquellas tierras sin nombre, que eran hurgadas en secreto. De repente, un competidor le apuntó con el dedo y gritó "¡Vesubio!", buscando enfrentarlo, haciendo carcajear a toda la calle. Aquel día intercambió golpes y durmió en la delegación por primera vez.

—Intenté localizar a quien comenzó el chistecito. Hasta el delegado se reía de mi nombre; ¿qué era eso? Sólo quería descubrir quién había comenzado, pero era imposible ¿por qué había decidido burlarse justo de mí?, ¿justo de mi nombre? Todos decían ahora "el pico del Vesubio, el pico del Vesubio". No hacía el menor sentido, pero todos se reían de mi nombre, de repente, sin que yo pudiera entender se había vuelto sinónimo de… de…

Se explicó con un gesto. Incapaz de controlarse, golpeó la mesa, haciendo saltar el libro. Meneó la cabeza, indignado: ¿Cómo podría encontrar la gema que lo aguardaba si tenía que lidiar con aquello? De entre todos los nombres del mundo, de entre todos los volcanes con sus magníficos picos, justamente ser yo el escogido como sinónimo. ¿Cómo era posible? Balanceó la cabeza con fuerza, desconfiado, como si esperara cercana la revelación de que todo no pasaba de ser una broma de mal gusto.

—El Vesubio… De entre todos los volcanes del mundo, el Vesubio…

Ensayó un nuevo golpe contra la mesa, pero su brazo perdió fuerza. Soltó el cuerpo, vencido. Sin encontrar la gema, y con el nombre condenándolo, sería para siempre un chiste.

El guardián de nombres se levantó y pidió que le mostrara las palmas de las manos. Le observó las callosidades con exagerada atención. Le pidió que le mostrara también los dientes y que los rechinara. Se sentó de nuevo, dibujó teatralmente el nombre del volcán. Observó las letras. Acompañándole los gestos, el hombre estiró el cuello, intentando comprender.

—Ese nombre nunca le perteneció —sentenció el guardián. El funcionario del registro le hizo un favor a su hermana Edna. La tragedia de su hermano será todavía más grave que la suya.

El hombre ensayó una respuesta, pero la palma de la mano del guardián lo detuvo:

—Vesubio nunca podría ser el nombre de nadie.

Cuando el guardián comenzó a escribir, poseído, se preguntó qué nombre le sería ofertado. ¿Podría rechazarlo si no le gustara? Bueno, seguramente nadie podría obligarlo a usar nombre alguno, y saber que la tragedia rondaba al hermano metido a doctor, ya valía el tiempo ahí desperdiciado. Si el imponente Vesubio se había convertido en pico, el pobre Estrómboli tal vez debería conformarse con la peor parte del cuerpo. Le gustaba el propio nombre, le gustaba decirlo. Se sentía fuerte al presentarse a una mujer, inflamando el pecho. Siempre había sido Vesubio, aunque algo inseguro a la hora de desvestirse. Eso la gema también lo resolvería — Un hombre que había viajado al viejo mundo, ¿qué más podrían desear? —.

Dejando atrás el nombre y la broma, estaría libre para concentrarse en la búsqueda de la gema.

El nominador siguió trazando, intenso, muy cerca de rasgar la hoja y manchar la mesa con la tinta. ¡Adoraría recibir un nombre como Alejandro o Napoleón! ¡Serían mucho mejores que Vesubio! ¡¿Qué tal Julio César?! Con el nombre correcto, sería cuestión de tiempo encontrar la mayor de las gemas, sustituir a los competidores y maravillar a los familiares. Un instante antes de que el guardián de nombres terminara, se imaginó con una gruesa cadena de oro macizo entre los vellos del pecho, pronunciando sin vacilar el nombre homónimo al de los grandes conquistadores.

—Juninho.

— ¿Como Julio? ¿Puede ser Julio César?

—No, Juninho. Como Junior.

Con la letra menuda, el guardián escribió el nombre en el libro, mientras el hombre arqueaba el cuerpo y recogía los hombros. ¿Juninho? No había perdido su tiempo para terminar con un nombre como aquel, así, modesto, mientras los competidores progresaban. Un Juninho nunca sería nada, nunca descubriría nada, nunca nada conquistaría. ¿Cómo era posible ser un mero Juninho, sin tener el nombre del padre? El guardián de nombres era un desquiciado, el loco del pueblo que grita maldiciones y ocasionalmente acierta, asombrando a la población. El asunto era ignorar las bromas sobre su nombre y olvidar la visita al nominador.

—El nombre antiguo le haría sombra a cualquier hombre, era desproporcional. Nadie es nada frente a un volcán —explicó el guardián de nombres. —Como Juninho, nadie va a reparar en ti. El nombre te dará la gema, aunque pequeña, te dará también una esposa, una casita. Y tú serás enorme.

Apretó la mano del nominador y dejó la casa, cabizbajo. El escepticismo lo curó de la rabia. Caminó lentamente, envuelto en el movimiento de la calle, reparando alterado en la camioneta que pasó anunciando la comedia "El Vesubio, señoras y señores. ¡Vengan a llorar de risa!" Aquello jamás terminaría.

Llegó a la estación poco antes de la hora del almuerzo. Como estaba vacía, pudo sentarse. Después de tres noches detenido, el estómago le dolía, pero si gastara en un generoso almuerzo, no podría alquilar el equipo necesario para buscar la gema. Pidió un café, lo bebió sin prisa, mezcló lo que quedaba con una cucharada de azúcar, tomando aquello por refrigerio.

La mesera reparó en el gesto y se acercó. Lo observó con una sonrisa conmovida, cómplice. "¿cómo se llama?", preguntó, sin dejar de sonreír. Comprendiendo la intención de la chica, pensó en su hambre, retrajo los hombros y moderó la voz para responder, mirándola de arriba a abajo, que se llamaba Juninho y que ya se iba. La mesera le pidió quedarse. Trajo de la cocina un menú completo, con todo lo que había sobrado del almuerzo de los empleados, para que se llenara. Una vez satisfecho, agradeció, diciendo que iría hacia una nueva tierra, en busca de la gema que le permitiría una vida modesta, que le bastaría.

Ella aún sonreía. Le propuso un negocio: pagaría el pasaje e invertiría en el equipamiento. A cambio, le debería escribir todos los días. Cuando encontrara la gema, fuera del tamaño que fuera, volvería para buscarla. ¿Qué le parecía? Aceptó. Apretaron sus manos, a fin de cerrar el negocio, tocándose así por primera vez.

—¿Y cuál es su primer nombre, el nombre del padre, para ser Junior?

—Es solamente Juninho. Así mismo —Respondió encogiendo los hombros, en paz.

Contaban que en aquella tierra había un hombre que guardaba nombres. Hasta ahí llegó protegida por la noche. Abrió la puerta sin tocar, paso ágilmente por el apretado vano y cerró la entrada con un movimiento preciso. Una vez adentro, no pensó en descansar: con la espalda apoyada en la madera escudriñó cada detalle del ambiente inédito, atenta a las rutas de fuga y a las improbables trampas, observando los antiguos muebles oscuros, el polvo acumulado en los enormes libros, que le irritaban la nariz, la loza escasa y sucia que sin trastero descansaba desde hacía mucho sobre la pila. Tenía hambre; le dolían las piernas. Cuando finalmente posó los ojos inquietos sobre la figura solitaria que buscaba impasible delante del volumen abierto sobre la mesa, se tranquilizó. Aceptó la invitación a sentarse como si hubiese sido formulada, como si desde hacía

45

mucho fuera esperada. La llegada incólume a la casa del nominador parecía improbable, el retorno parecía imposible. Aun así, ahí estaba, porque era necesario. Eso creía.

Pidió agua y se sirvió sin esperar que el guardián de nombres extendiera el brazo, autorizándola. Evitó el segundo vaso, a pesar de su deseo, sabiendo que el estómago le dolería si necesitara escapar de súbito. Desde hacía pocos meses —¿o ya había pasado un año?—, las preocupaciones se resumían al fregadero de loza sucia, que lavaba para ayudar a su madre, y a la educación de los veinte alumnos de la escuela primaria cercana a su casa. Antes que la clase aprendiera las vocales, descubrió cómo caminar sin ser notada, a memorizar los datos sin jamás anotarlos, a acatar órdenes y, en teoría, hasta a fabricar explosivos. Nunca lo había hecho, pero había comprendido las lecciones. Sobre todo, aprendió a no pensar en el pasado ni en el futuro y se sentía fuerte porque jamás había especulado si los niños que educaba ya sabían dividir o soñar con el día en que terminaría todo y podría retomar el cargo. Hacía meses, tal vez un año, que no se miraba en el espejo, guardando la imagen fuerte que había fijado para sí misma en el día de su partida, el último en la casa de sus padres, conforme a la sugerencia del viejo que la orientaba en la acción. Se levantó nuevamente, incapaz de relajarse, atenta al ladrido de cada perro de la calle, mientras aguardaba que el nominador levantase los ojos. Por lo que parecía, no había ahí trampa alguna, pero ni por eso debería estar por mucho tiempo en un mismo lugar.

Luego de esto, el guardián de nombres la miró a la cara, por fortuna sin esbozar reacción alguna. Si no contrajo involuntariamente el rostro o torció la boca, significaba que su belleza no estaba arruinada, como temía a veces. Lo mejor era contar cómo había comenzado aquello, pero ¿cómo había comenzado? Fue cuando el hijo del doctor Malta no aceptó la derrota en la elección para el gobierno de su provincia, y consiguió impugnar en los tribunales el resultado de las urnas, pero también antes, cuando los derrotados por estrecho margen le rodearon la casa, exigiendo tomar medidas, dispuestos a todo. O antes inclusive, cuando los colectivos se organizaron en torno al candidato sin calcular la fuerza de la resistencia del doctor Malta, dueño de cada hierba del campo que el ganado comía. O había comenzado mucho antes, con un siglo sin inversiones en la educación de aquella gente, en la arquitectura de un estado excluyente, o aún antes, con la tierra repartida entre donatarios.

Para ella había comenzado cuando el candidato vencedor abandonó la provincia, de súbito y sin explicación alguna, sin destino conocido, dejando claro que no se debería preguntar lo que sucedía. Comenzó cuando dos de los profesores involucrados en el colectivo desaparecieron, y entendió que sus nombres deberían ser olvidados, y el periódico que consultaba fue cerrado por deudas con la imprenta, exigidas de súbito al contado. Pero en esa época, a decir verdad, aún no se disgustaba: todo le parecía un inmenso malentendido, y tomaba café con sus padres como siempre. Si nada había cambiado en la casa, ¿qué podría haber de diferente en la calle? Le parecía que en cualquier momento su padre hablaría del tema, pues nunca antes había hablado, y hablaría justamente para decir que no pasaba de ser un malentendido, que había sido solamente una crisis, que todo estaba superado. No hablaron sobre el asunto cuando el policía pasó distribuyendo folletos, tampoco cuando el jefe de la policía le pidió ayuda para asistir a los niños cantando el himno. Ni cuando todo aumentó de precio, las tazas de café disminuyeron de tamaño, la madre sustituyó la carne por el pollo, los decires informando que el doctor Malta ahora era dueño de todo lo que el ganado y las personas comían. Pasaron meses y todo un año, sin decir nada. Sin embargo, anunciaron que el nombre de la ciudad sería cambiado por el nombre del doctor Malta, que ni doctor era, y en aquel día el padre dio un manotazo en la mesa, dijo estar sin hambre y se encerró en el cuarto para protestar. No sabía exactamente cuándo había comenzado, pero sin duda aquel día ya había comenzado. Podían soportar todo lo demás, y lo soportaban, ¿pero el nombre, hasta el nombre de la ciudad, con penas previstas en aquella ley ilegal en caso de que fueran sorprendidos utilizando el nombre antiguo? Aquel día ya había comenzado. Y tres días después se había visto en el espejo por última vez guardando la imagen de fuerza y confianza consigo misma, conforme le había aconsejado el viejo cuyo nombre nunca sabría.

A aquella altura —¿pasados meses o ya un año?— Ya todo estaba perdido. No solamente la ciudad había perdido su nombre histórico, no solamente las calles y avenidas importantes, sino también las callecitas de los barrios, las placitas y villas que ni constaban en el mapa. De todas partes surgía un apoyador de última hora de Malta, con el nombre

a la mano, y eran todos inmediatamente aceptados, la indus-
tria de las cosas memorables prosperando, como todo lo que
pertenecía a Malta. Evitaba pensar en la placa con el nombre
del admirado educador siendo retirada para dar lugar al de
un hermano analfabeto de Malta, sin embargo, a veces, pensaba obcecadamente en las criaturas obligadas a acostum-
brarse al nuevo sustantivo, o en los castigos a la mano por el
uso de la palabra antigua, y de ahí sacaba fuerzas. Cuando le
dolían las piernas por la larga caminata, o el hambre le retorcía el vientre pensaba en la odiosa placa, en los ojos pueriles
que la miraban, y en el propio padre trancado en el cuarto,
y se soñaba en la escuela, quebrando la placa con golpes de
marro, para estupefacción de los niños que reconocerían a
la profesora desaparecida. ¡Eso sí sería una clase! Enseguida
iría hasta la calle de sus padres, gritaría bien alto el nombre
de su padre, recordándolo como ciudadano de la ciudad a la
manera antigua, la verdadera. ¡En medio de la calle donde
un día había jugado! Distraída, soñaba así pero un instante
después alejaba tales esperanzas, concentrándose en la rabia,
sin pensar en el pasado o en el futuro, como le había enseñado el viejo cuyo nombre desconocía. Le había explicado
que probablemente sería capturada, pues todas las oportunidades estaban en contra de los clandestinos, que lo mejor
era que dijera la verdad cuando jurara no saber el nombre de
nadie además del de ella.

—Pero, a decir verdad, ni de mi nombre me acuerdo…
Sólo pienso en el nombre del otro, del doctor que ni doctor
es, y en cómo liberar a la ciudad de esa deplorable denominación.

Sintió que su corazón se disparaba cuando el guardián de nombres se acomodó en la silla. Habría corrido para el cuarto y se habría tirado contra el vidrio de la ventana en caso de que la puerta detrás de ella hubiera sido simultáneamente abierta. Le observó los brazos mientras tomaba el montón de papeles y la pluma tintero, ya distante de la narración a la cual se había entregado el instante previo, criticándose la facilidad con que se había puesto a dialogar con un extraño, contándole sin duda mucho más de lo necesario. La orden era buscar un seguimiento para aquella batalla de nombres, pedir al guardián una sugerencia, una dirección: ¡nadie le había sugerido contar sobre los padres o sobre los niños, sobre el candidato o el educador! ¡Si era inevitable que fuera atrapada, si las opciones estaban contra ella, que cayera digna, en pasos exactos, en el combate ejemplar y no abriendo el corazón para un escribano como si fuera un psicólogo! Indiferente a las críticas que ella se hacía, el guardián de nombres desabotonó, dobló el puño de la camisa y comenzó a trazar, concentrado, escribiendo y rescribiendo, rescribiendo muchas veces, con la letra elegante, el antiguo nombre de la ciudad. Cómo era lindo el nombre de su ciudad... Qué maravilla leerlo, podría estar toda la noche observándolo escribir y rescribir la palabra que designaba la ciudad en que vivía, su casa entre todas y, como si supiera, el guardián de nombres siguió escribiéndola y rescribiéndola, hasta llenar toda la hoja y comenzar una nueva, y otra, y otra, con el lindo nombre de la ciudad donde había nacido y por la cual luchaba, el verdadero nombre de su ciudad entre todas.

—¿Quiere intentar?

La mano le tembló por un instante al percibir la delicadeza del papel; a su puño le agradó el peso de la pluma rememorando de pronto las horas de estudio y el placer de enseñar, el cariño con que anotaba los errores en los trabajos de los alumnos. No fue necesaria una segunda invitación del nominador para repetir el gesto, primero dibujando con cuidado las letras de la palabra que ansiaba rescatar, probando el ansia con la que la pluma depositaba la tinta sobre la hoja, para luego dominar la técnica y avanzar por todo el papel, tomando entonces una segunda, una tercera hoja, una cuarta, toda la resma gastada en la infinita repetición del nombre antiguo por el cual luchaba, el verdadero, escogido por los primeros habitantes, cuando la ciudad era nada más un proyecto de un conjunto de casas para acomodarse en la ribera del río. ¿Cómo era posible que un desgraciado, de carne y hueso como ella, pero absolutamente diferente, se sintiera en el derecho no sólo de secuestrar y matar, sino también de imponer su nombre a toda la gente? Pensaba siempre en la inmoralidad de aquello: ¿viviría para ver cómo el sustantivo maldito se incorporaba a la lengua tal como se había dado con Alejandría o Constantinopla? Era inmoral. Era incómodo. Pensaba en la dimensión de lo absurdo y escribía y rescribía el antiguo nombre —el verdadero— invocándolo.

Suspendió el gesto, asustada, cuando el guardián de nombres tomó la pluma por la punta libre impidiéndole proseguir, un instante antes de escribir sobre la mesa, cuando la resma estaba toda llena. Abrió los dedos, entre liviana y vencida, para entregarle la pluma, limpiando enseguida la única lágrima que escurría discreta de su ojo izquierdo preguntándose si se había manchado el rostro con la tinta que le ensuciaba los dedos. No importaba tampoco. El guardián acomodó el conjunto de hojas alineándolas contra la madera de la mesa y enseguida se puso a analizar los nombres mil veces escritos, como si fuera un profesor revisando el trabajo. Satisfecho, escribió entonces una única vez, y con letra pequeña, el nombre del desgraciado, del tirano vuelto ciudad, el nombre odioso al que se oponía. Era horrible, inmundo, indecente, prueba viva de una realidad vergonzosa, ahora expuesto por única vez a la letra pequeña, desprovista de pasión.

El nominador esparció las hojas por la mesa, el verdadero nombre mil veces repetido. En algún lugar entre los muchos, tan maravillosos así repetidos, en alguna línea diminuta, indiferente, el nombre usurpador, ahora imposible de localizar en medio de las hojas dispersas. ¿Dónde habría ido a parar? Se preguntaba solamente por el hábito, el pensamiento contaminado, sin embargo, al poco tiempo el encantamiento la salvaba, le deslumbraba el nombre por el cual luchaba tantas veces repetido, a tomar todo, dándole la impresión de que al regresar encontraría las placas alteradas, la antigua denominación recuperada, las indicaciones que mencionaban al usurpador arrojadas en cualquier terreno, a la espera de quién las vendiera por nada más allá del peso del metal.

De súbito se dio cuenta que mantenía la boca entreabierta y los sentidos completamente absorbidos por el nombre, se recompuso rápidamente trabando los labios, mirando alrededor, apurando los oídos para tener la certeza de que los ladridos ocasionales de los perros callejeros mantenían la frecuencia. Reencontró enseguida la mirada del guardián, que parecía esperarle, satisfecho con el resultado de la demostración antroponímica. Habló con la voz tranquila, confortándola, que el nombre usurpado moriría con el usurpador, y el verdadero, mil veces repetido, volvería a la lengua del pueblo como si nunca la hubiera dejado. La enfermedad del tirano sería la enfermedad del nombre. La muerte súbita por enfermedad, por atentado, la súbita muerte del nombre. Cierto es que moriría, como morirán todos los hombres. El verdadero nombre viviría mientras viviera la lengua, y hubiera personas, y los libros lo guardaran en la memoria de la lengua y de las gentes.

—La batalla por un nombre es una guerra perdida, pues el nombre que vive en el lenguaje ya lucha por sí mismo e invariablemente vence.

Sonrió con la conclusión; ¿cuándo había sonreído por última vez? Pensó en los nombres cuyo cambio era forzado como semillas que invariablemente nacen incluso si son prohibidas y enterradas: ya estaba romantizando, como el viejo sin nombre la había instruido a no hacer. El guardián separó las hojas y regresó al libro, escribiendo con la letra firme y la tinta habituada el nombre de la ciudad, el verdadero, dispuesto en el gran libro, para que no saliera de ahí. Ojalá la política pudiera ser estable como aquella pequeña casa con grandes libros, bien puesta como una estaca en el principio y el centro del mundo… ¡Se levantó rápidamente! ¡Ya divagaba! Aparentemente la estadía en aquella casa de nombres le quebraba la concentración, sin embargo, contaba con las sombras del camino, el cansancio, el hambre y la sed para que le devolvieran el foco. En la lucha era necesario apoyarse en la adversidad, no en el sueño.

Agradeció y dejó la casa retirándose con pasos rápidos. La tentación de pedir quedarse y asistir al guardián era de repente mucho mayor de lo que imaginaba. Llegó a los límites de la ciudad y la calle aún concentrada en los nombres vislumbrados, un paso después del otro, solo pensando en los alumnos forzados a la postura militar, o en las placas sustituidas por decreto, o en el destino de los colegas de magisterio y del candidato, pero en la inutilidad de todo aquello, de la lucha y la resistencia: toda su generación entregaría la vida por una guerra que no sería nada más allá de una mísera línea en la historia del siglo, todo esfuerzo direccionado hacia una lucha que sería ganada sola, en cincuenta años el nombre instalado nuevamente como si nunca hubiera sido usurpado, un rey que muere anciano sin recordar los dolores de la infancia. ¿Podrían vencer, y ella derribar a marretazos las placas con el nombre del tirano como había soñado? Sin duda. ¿Cuántos morirían, finalmente, de todos lados? Los pasos se aceleraban, certeros, mientras los pensamientos se iban haciendo confusos: si era cierto que el nombre retornaría, antes o después y por sí mismo, ¿cuál era el sentido de la lucha?

Cuando el hambre, con fuerza redoblada, le retorcía el vientre, se apretó más el cinto y se concentró en el ritmo de sus pasos, decidida a retomar las convicciones que poseía antes de la jornada. La sed la forzaba a pensar en la casa de los padres y en las piernas adoloridas, y en un baño caliente. Luego encontraría al viejo, en el lugar pactado, y le contaría de la visita al guardián de nombres. Las cuestiones que la afligían serían una crisis superada. ¿Lo serían? Esperaba que sí; esperaba que no…

Caminó toda la noche, caminó un poco más. Llegando al punto de encuentro, ya no sabía qué destino tomaría: pensaba en aquello como si la decisión le tocara a sus piernas. Avistó del otro lado de la plaza, alimentando resueltamente a las palomas, la conocida figura del viejo. El viejo… Tenía por cierto diez años menos que su padre, y diez más que ella, pero los cabellos habían perdido su color por completo y la postura era encorvada debido a los sacrificios de la lucha. Afirmaba sin emoción que era imposible vivir hasta el final de aquel año, todas las oportunidades pesaban en contra, y todo aquello, las vidas de ambos entregadas a la causa de un nombre que moriría por sí solo.

Se dio cuenta que el viejo la observaba, y lo observó de vuelta, cada quien de un lado de la plaza, las palomas alborozadas entre ellos gracias al maíz ofrecido. Entonces, continuó caminando sin mirar. Había en la plaza de su infancia un hombre con una bandeja dulcera, un tipo que golpeaba el metal contra la madera para anunciar las golosinas. ¿Cómo se llamaba el dulce? ¿Cómo era que los abuelos lo llamaban? Sin el nombre no podía recordar el sabor. Cuando volvió el rostro, el viejo ya había desaparecido.

Contaban que en aquella tierra había un hombre que guardaba nombres. Llegó al domicilio a partir de una ruta confusa, sin saber cuánto tiempo había dedicado al camino. Nunca aprendió a separar los días en semanas, meses y años. Decidía que era tiempo de reencontrarse con sus hijos cuando la última cuerda de la guitarra se reventaba: la cambiaba y daba media vuelta. Ignoraba también el mapa objetivo, que daba cuenta de la menor distancia entre dos puntos, y de los informes de las calles en mejores condiciones: acompañaba el flujo humano, escogiendo lo más denso, como si tocando en el grupo de samba, siguiera siempre al pandero. Ganándose la vida como músico, le interesaba estar donde estaban las gentes, separar las angustias y los asuntos del pueblo: no tenía adónde ir, entonces iba junto. Al decidirse por el encuentro con el guardián de nombres, descuidó la dirección. A cada llegada simplemente hacía la pregunta de si era aquella la villa donde habitaba el nominador. Cuando le confirmaron que estaba en el lugar, mantuvo la sonrisa incrédula hasta cruzar la puerta y darse cuenta de que ya estaba ante el enorme libro.

Se anunció y le gustó la manera como su voz reverberó, si hubiera público, bien podría presentarse sobre la mesa. Se sentó sin esperar la invitación, acomodó la guitarra y el tamborín, comentó sobre el calor, sobre el intenso movimiento de la calle para una ciudad tan pequeña, sobre el guardián de nombres, que era conocido incluso lejos de ahí y cómo las gentes lo ponían en alto, como a un líder de un grupo de samba. Si fuera un artista itinerante seguramente no le faltarían monedas. Si un día lo considerara, que contara con él para un dueto. Él estaría a cargo de las rutas, de las finanzas y de la orquestación, ¡al nominador le correspondería la presencia que traería el éxito!

La mención le recordó a lo que venía, y pidió un vaso de agua, levantándose para tomarlo sin esperar por la autorización: explicó que era un artista, un músico, un sambista. Había nacido en la villa y la llevaba consigo. El nombre de bautismo, sin embargo, era completamente inadecuado: culpa del mal gusto de su padre. Se llamaba Johnlenon, y los nombres de los hermanos completaban el conjunto. Era incapaz de imaginar una desgracia mayor que esa.

—Vea usted pues. ¿Cómo puede tener éxito un sambista llamado Johnlenon?

Explicó al guardián de nombres que una samba comienza modesta, las notas parten de un instrumento solitario puesto como el hombre apasionado al cantar solo en el centro de la villa. El segundo músico entra delicadamente, atrasando el compás por un instante, como alguien que espía desde la ventana, escondido. Entonces se refuerzan, se gozan, evolucionan. En este momento, el cantor sonríe al público y todos los instrumentos entran, juntos, la pasión de un único hombre se vuelve la fiebre de toda la ciudad. Una buena samba no deja a nadie indiferente, aquel que está de paso camina al ritmo del tamborín, el que solamente acompaña a su enamorada levanta los índices para bailar. Explicó al guardián de nombres que su samba era muy buena samba, las mujeres aplaudían y a los hombres les era atrayente, los maestros aprobaban las notas que se sucedían, en la cadencia y en el compás. Sin embargo, cuando agradecía el dinero, aceptaba los aplausos y anunciaba que era Johnlenon, a los espectadores les parecía extraño: ese no era nombre de sambista.

—Pues una buena samba necesita de un buen nombre que la presente.

Claro que ya había intentado solucionar aquello. Dejó la casa paterna cuando ni siquiera tenía estatura, siguiendo al conjunto que lo aceptó como percusionista. Rodó por vez primera a provincia celebrando cumpleaños, festejos e inauguraciones —inclusive aperturas de ciudades—. Conoció los trucos para anticiparse al movimiento de las personas, aprendió a saber, antes incluso que la organización lo imaginara, donde se concentrarían las multitudes. En cada parte y de cada músico, escuchó la sentencia de que su nombre era inadecuado, ¡Johnlenon no servía!

Después de reír lo suficiente el grupo decidió rebautizarlo. Como método escogieron presentarlo en cada ciudad con un nuevo nombre y así probar la recepción del público. Intentaron Yaleno, Leno, Yuno, Nonó, Zileno, y toda aquella combinación que el alcohol inspiraba. Las reacciones variaban entre la indiferencia y la confusión, entre las sonrisas forzadas y el olvido. Lo olvidaban, ¡y un buen sambista necesita ser recordado!

—En una de estas tocadas, en el tiempo en que aún me decían Yaleno, un cantor me dio dos opciones: que buscara al guardián de nombres o que me cortara el cabello con un tazón y asumiera el ye, ye, ye. Juro que, no había mucho, el nominador había salvado a un niño de la muerte al cambiarle el nombre y había hecho a otro crecer hasta volverse un gigante. Si operaba tales milagros, podría resolver mi caso.

El guardián de nombres lo observó ante las menciones sin negar o corregir. En una hoja suelta, comenzó a trazar las letras, sin conexión entre sí, y que inicialmente le parecieron a Johnlenon las notas musicales que nunca había aprendido a leer o escribir. Luego entendió que se trataba de una búsqueda del nombre, un método semejante al que utilizaba para componer, digitando por toda la guitarra en busca de la secuencia correcta de sonidos, de la posición perfecta de cada nota para formar la melodía. Trabajaba incansablemente en el instrumento, sin certidumbre, a veces aburrido, hasta que una nota se ligaba a la otra en una combinación tan perfecta que aparentaba haber estado ahí desde siempre. De ahí partían las demás, encajándose, introduciéndose, hasta que surgía una nueva samba, originada en una situación incómoda. En el trazo cada vez más seguro del nominador, las letras se alargaban, los gestos se volvían más firmes: Johnlenon se culpaba por haber estudiado poco. Incapaz de comprender el significado de aquellos garabatos estaba obligado a esperar que la palabra le fuera ofrecida.

Cuando el nombre parecía listo para ser pronunciado, el guardián de nombres dejó la hoja de lado y tomó una nueva, insatisfecho. Era precisamente aquello que las personas no entendían en los artistas: nada cansaba más al sambista que la negociación del honorario. Por toda la vasta provincia, dueños de bares y cantinas, que nada sabían hacer más allá de limpiar el mostrador, contar las monedas y expulsar a los borrachos, torcían la nariz al conocer el pravo del artista. Adoraban decir —decían todos, creyéndose especialmente irónicos— que debían haber aprendido a tocar: ganando tal suma por hora y por día, en una década podrían jubilarse. No comprendían que la remuneración era magra, miserable, si consideraban toda una vida de dedicación, la familia distante, el peligro de los caminos y la ineptitud para todo lo que no significaran los arreglos. No se pagaba al artista por la hora dedicada a entretener a los comensales sino por la entrega.

El guardián de nombres abandonó una hoja más y Johnlenon concluyó que verdaderamente lo denigraban, afirmando que se trataba de un trabajo simple sobremanera, dar un nuevo nombre a las gentes y registrarlo en el libro, nada más allá de trazar una única palabra con cierta pericia. No comprendían que, finalmente, escribir la palabra, indiscutible y limpia como un golpe, como una samba que la guitarra entrega con la mejor cadencia y compás, exigía toda una vida dedicada. Guardaba los nombres sin exigir nada a cambio. Lo encumbraban sin percibir que no lo hacía por las personas, sino por los términos.

—¡Mi amigo! —el sambista se exaltó de súbito, atinando en lo que le pareció una gran falta de cortesía

—¡Ni siquiera le ofrecí una samba! ¿Puedo tocarle una composición en agradecimiento por el trabajo?

Movió el brazo, ágil, en dirección al instrumento, sin embargo, el guardián de nombres rehusó la oferta.

La vida sería otra con la fama, y nada le faltaba además del nombre. Cobrar con anticipación, mantenerse confortablemente instalado en el seno familiar, sacando sambas de los juegos de los niños mientras las infinitas copias del propio trabajo eran distribuidas. Encontrar el escenario listo, los instrumentos afinados. Distribuir autógrafos. Ser tratado como maestro, darse cuenta del silencio reverente cuando entraba en las ruedas de samba. Sólo le faltaba un nombre para ser un rey, dejando atrás la vida de plebeyo, de la cual había extraído todo lo que en ella había. Un rey… Su samba reproducida con mejor calidad de lo que él mismo era capaz de producir, mientras descansaba y dirigía inversiones. Sólo tocaría en ocasiones únicas y especiales y con una grabación garantizada. Sin duda para lo que había nacido, aunque con el nombre equivocado.

Se impacientó cuando el guardián de nombres abandonó otra hoja, incapaz de concluir. A aquella precisa hora, había una aglomeración en frente a la rúa do Ouvidor, los hombres organizados contra el abuso de los soldados en la fonda, que diariamente ignoraban la fila y exigían atendimiento inmediato. En la rúa do Quartel, los soldados hacían otra aglomeración: sonreían unos a los otros seguros de que aquella noche correrían embriagados por las estrechas calles rompiendo ventanas y persiguiendo mujeres, la compensación previamente autorizada por el comando. Mientras estaba ahí, Johnlenon perdía oportunidades: la bolsa pesaba lo mismo, pero le parecía más ligera. Lo peor no era el sambista desafinado, a quien le falta el oído: peor era aquel que mientras el público aguarda, tuerce las cuerdas de la guitarra en un sentido y en otro incapaz de comenzar, sin percibir la diferencia entre una presentación y un ensayo. En una buena samba, los instrumentos se afinan mientras son tocados, ¡la buena samba apenas comienza!

Tamborileó los dedos en la silla, acompasó con los pies: le parecía mejor seguir como Johnlenon que perder la tarde observando los trazos del nominador. El arte es movimiento. Si se pretendía artista, buscando reconocimiento, el procedimiento del guardián de nombres no podría ser más inadecuado, entregando al público una nota perfecta cuando la presentación acababa.

De súbito el nominador dejó la pluma sobre la mesa anunciando la conclusión. Johnlenon suspiró, aliviado: estaba a un instante de largar una grosería. El guardián de nombres le extendió dos hojas, ambas escritas, cada cual conteniendo un nombre. En la primera, Avelino Imperial, las letras exageradas, la punta de una consonante corriendo en la página para enmendarse con la otra. Si pasara a llamarse Avelino Imperial, cada grupo del próximo carnaval tocaría una composición de su autoría y tantas vitrolas y radios, cuantos había en la capital, las reproducirían. Descansaría bien asentado en la fama, tendría paz y fortuna, sin embargo, en una década ya nadie se acordaría de él, perdurando al último de sus días el dinero, de la forma como lo invirtiese, y viejos recortes del periódico hablarían de lo que había sido.

El otro nombre era Carlos Modesto, las letras como las de un niño recién alfabetizado. Si dejara la casa llamándose Carlos Modesto, presentación tras presentación sus arreglos ganarían calidad, fijos en la memoria popular y en los elogios de los maestros. Sería exigido en cada rueda de samba, escuchado con devoción. En el centenario de su fallecimiento, su nombre y figura serían más conocidos que nunca, haciéndose indisociable del estilo. En vida, sin embargo, las grabadoras lo rechazarían, juzgándolo pequeño y marginal, inadecuado. Estaría obligado, mientras tuviera fuerzas, a soportar las penurias.

Solo podría dejar la casa con uno de los nombres y nunca más podría volver.

No necesitó pensar más que un instante para decidir: sonriendo apuntó a la hoja en la cual el guardián de nombres había escrito Avelino Imperial, y le apretó las manos, las besó, dejó la casa listo para la fama. ¡En fin, la fama! Decenas de millares de discos para ser distribuidos por los radios y vitrolas de la capital, su nombre en la portada: ¡Avelino Imperial, ese era él! Y pensar que impaciente, casi había perdido la oportunidad. De cualquier forma, lo había conseguido, y el pecho transbordó de emoción cuando el nominador lo registró en el enorme libro.

Dejó la casa apresurado y sin titubear gastó sus ahorros en un sonido de calidad, digno del artista que, finalmente, se había vuelto. Al fin de la tarde, en el encuentro de la rúa do Ouvidor con los del cuartel, en el punto tomado por la electricidad que precede al quiebra-quiebra, tocó digitando enérgico la primera samba de Imperial, y en ella insistió, sin perder tiempo en ganarse al público con los éxitos ajenos, valorando cuando se dio cuenta que la multitud en coro le devolvía el estribillo: "es la samba de Imperial", anunciaba entre una composición y otra, "¡la samba de Avelino Imperial!" Tocó del fin de la tarde hasta el día siguiente y tan bien, que los hombres se olvidaron de golpearse.

En pocos días, tocando aquel ritmo, siempre en el encuentro entre las calles, no más buscando puntos de concentración sino provocándolos —le vino la invitación para la serie de presentaciones en la capital. En pocos meses grabó el primer disco, pasó a ser líder de un grupo de músicos profesionales, conquistó el Carnaval y la fortuna. Al año siguiente cada vitrola vendida traía, en la caja, una copia de la "Samba de Imperial", volvió a su ciudad natal apenas una temporada para descansar y componer nuevos éxitos.

En un domingo, después del almuerzo, su padre prendió la radio para que escucharan juntos las composiciones de

Avelino Imperial. El locutor, no obstante, anunció un grupo de forró. Al hablar por teléfono a la grabadora, le pidieron que esperase el regreso del empresario. Quince llamadas no atendidas después, decidió no llamar más: era mejor prepararse para la futura serie de presentaciones en las mejores casas, donde ansiaban las nuevas composiciones. No las ansiaban: un telegrama le explicó que la moda del forró ya estaba pasando y las parejas ahora sólo bailaban el fox-trot, que Avelino Imperial desconocía. Decidió descansar hasta que la samba volviera a la moda: en aquel compás transcurrió una década. Se dedicó a los negocios. Si tuviera una grabadora podría decidir lo que todos escucharían.

Un día hurgando en cajas antiguas, encontró el primer tamborín que había podido comprar, en la orilla grabado el antiguo nombre, Johnlenon. Sólo entonces recordó al guardián de nombres, y respiró largamente, como si desde que había entrado en la casa, tanto tiempo atrás, su respiración estuviera suspendida, a la espera de algo todavía mejor. Fuera como fuera ¿cuál era aquel nombre, el otro, el que no había escogido? No lo recordaba.

Aquel día, durante mucho tiempo pasó los dedos por las letras de su antiguo nombre, rehaciendo los trazos que un día la punta caliente había marcado en la madera. Se preguntó si algún otro sambista había buscado al nominador, y habiendo escogido el otro nombre, había gozado la vida que el nombre le ofrecía. ¿Cuál era el otro nombre? ¿Juan Humilde, José Discreto? No recordaba. Hacía muchos años no tocaba ni para la familia. La preocupación era administrar las inversiones; no podía perder lo que había conquistado. Era ahora un hombre de negocios. Había perdido algún dinero con la grabadora, pero con la cría de ganado había acertado de lleno. Distribuía carne para los restaurantes de toda la provincia.

Se puso de pie interesado en escuchar la radio para descubrir el éxito del día. Tal vez pudiera aprender un nuevo estilo… Tal vez, después de cotejar las planillas, hablar a los clientes, analizar el ganado y hablar al banco, pudiera volver a pensar en esas cosas.

7

Contaban que en aquella tierra había un hombre que guardaba nombres. Cuando el chofer encontró el domicilio y estacionó el automóvil justo enfrente de la casa, como era conveniente, a pesar de la calle estrecha y concurrida, el Barón Jacomías de Oliveira se sintió satisfecho. Salió del auto después de que el chofer rodeó el vehículo y lo invitó a descender, y apreció su iniciativa de abrir la puerta de la casa, permitiéndole entrar sin llenarse las manos de la grasa del picaporte.

Una vez en el interior, ambientándose, se decepcionó con la penumbra y los muebles viejos, con el aire de biblioteca antigua que de ahí emanaba: señor de su propio tiempo, consultó la hora por hábito, aprovechando para admirar la joya que traía colgada en el pulso. Al darse cuenta de que el hombre ni siquiera levantó los ojos para observarlo, consideró partir de inmediato: los tipos intelectuales siempre se juzgaban superiores, aunque estuvieran empobrecidos y viviendo en medio de la suciedad.

Avanzó casa adentro haciendo pesar más allá de lo necesario los zapatos de cuero contra la madera del piso. Se sentó con un movimiento exagerado, arrastrando la silla, quitándose el saco para colgarlo en el respaldo, dejando caer pesadamente el cuerpo en el mueble para forzar el rechinido de las junturas. Cuando concluyó la representación, encontró los ojos del nominador bien abiertos, concediéndole, finalmente, la atención que le era debida. Comenzó de inmediato a tratar su caso, pues un hombre importante no desperdicia un solo instante. Esclareció que estaba allí por sugerencia del primero de sus empleados, para tratar un caso de máxima importancia, relacionado con su propio nombre. Se presentó extendiendo con placer su título y su nombre, las sílabas bien separadas. Extendió la mano derecha y sonrió, ofreciendo el honor del saludo. Como el guardián de nombres no correspondió a su gentileza, lo juzgó rústico, una especie de eremita, un brujo, y disfrazó la mano extendida tocando sus cabellos con los dedos, peinándolos. Debería haber buscado un doctor de la capital.

Fue la cantidad y calidad de los libros, que indicaban que recibía visitas y regalos de hombres con poder y decisión, lo que le impidieron abandonar la reunión. A pesar de la falta de educación del otro, llevaría aquello hasta el fin. Decidir con base en la manera como era tratado no era nada más que vanidad, y esta dama siempre se hacía presente para confundirle el raciocinio. Perdonando la falta de elegancia, ya indiferente al guardián de nombres, volcado nuevamente en sus papeles, entrelazó los dedos sobre el estómago e inició su relato. Le gustaba hablar de sí mismo. Su historia era inspiradora: la gente necesitaba conocerlo. El nominador parecía indiferente, pero él concluyó que era por ser orgulloso. Ciertamente, quería escucharlo. Si no quisiera, tampoco le importaba: lo que valía era conseguir lo que venía a buscar. No llegaría lejos preocupándose con una opinión ajena.

—Bueno, Empecemos por el comienzo.

Se levantó. Describiendo semicírculos ante la mesa de trabajo del nominador, contó que había comenzado su vida en un bar, tres paredes con azulejos a la mitad, herencia del abuelo para el padre. El mostrador a la izquierda, siete pequeñas mesas a la derecha, la hilera de botellas cuyo precio era anunciado conforme a la calidad del cliente. Antes de aprender a leer, y confesaba que sabía poco más allá de su propio nombre, aprendió a servir las veinte dosis que la botella contenía, evitando que los clientes se extrañaran, diferenciando cuándo cobrar por adelantado y cuándo dejar la botella. El bar no era de los mejores, pero sostenía a la familia. Y gracias al hábito de su padre de agregar dos dedos de agua a todas las botellas, lo llamaron Trago Suave. Aunque reclamaran, los clientes se mantenían fieles al bar de Trago Suave.

—Un viejo decía que había bares buenos y caros, y bares baratos y malos. El bar de Trago Suave era el único caro y malo.

Se rió solo, ya indiferente a la falta de reacciones del nominador. Las responsabilidades lo llamaron cuando el padre fue encontrado tirado en el centro del establecimiento, fulminado por un ataque cardíaco a mitad de la madrugada. Los ahorros fueron depositados en el cajón: para suerte del papá difunto, la memoria del padre exigía un entierro elegante. A los trece años asumió el bar, responsable de llevar comida a la boca de los hermanos menores. Garantizó a su madre que mantendría el establecimiento funcionando, que estaría a la altura de su padre al sustituirlo. Rehusó las propuestas de venta del bar—querían pagar una migaja—, continuó la estrategia de su progenitor, a veces dejando la botella, a veces cobrando por adelantado, pero siempre agregando dos dedos de agua a las botellas, el trago invariablemente suave.

El truco de su padre no bastó, porque, atendiendo al pedido de un competidor, cuando la prefectura transfirió la parada del autobús, se dio el éxito de la otra familia, significando el hambre de su madre y sus hermanos. Faltaba comida, mientras las bebidas sobraban, y, angustiado por desconocer las alternativas que el padre encontraría, diluía aún más el aguardiente, apartando a los pocos clientes fieles, que, jocosamente ahora llamaban al bar Trago de Agua. "Trago de Agua, el hijo de Trago Suave", gritaban desde la calle los borrachos, regresando del bar competidor, divirtiéndose a costas de la gestión fracasada.

Se retorcía en la cama, convocado a la vigilia por el hambre, cuando se dio el milagro: agarró una botella vacía, caminó él solo hasta el puesto de combustibles, compró dos litros de líquido inflamable. Escribió en la fachada, con un sobrante de pintura, el nuevo nombre del local: Bar de Trago Bravo. Por garantía, adoptó una expresión enfurruñada y acomodó una barra de fierro debajo del mostrador, para prevenirse de los excesos.

No podría haber actuado mejor. Movidos primero por la curiosidad, después por el desafío, los clientes regresaban y desafiaban a otros a volver, la bebida con dos dedos de combustible iba ganando fama y adeptos. Ofrecía un trago a los policías siempre que lo visitaban, empezó a comprar las botellas al contado y con descuento, amplió la gama de productos de contenido alcohólico prohibido. Naturalmente se multiplicaron los accidentes, peleas y desmayos, ocasionales comas alcohólicas a las que el padre tanto temía; no obstante, las historias de accidentes traían nuevos clientes, el bar convertido en el centro de la ciudad. No tenía diecinueve años cuando inauguró, orgulloso, otros dos establecimientos, consolidando la marca y el mote por el que era conocido.

—Si usted, doctor guardián de nombres, fuera a mi ciudad a preguntar por el barón Jacomías de Oliveira, va a demorar en encontrarme. Pero si preguntara por Trago Bravo, ¡de inmediato recibirá la indicación correcta!

Parecía conferenciar, ante el nominador, mientras narraba los propios acontecimientos, desde la noche del famélico insomnio. A los dos bares nuevos, se sumaron otros cinco. Mudó a la familia a una residencia elegante, pagó para que los hermanos recibieran una educación adecuada, se casó con la princesa del comercio en el mismo año en que adquirió el automóvil y contrató al chofer. Apoyaba a los políticos locales, conocía hasta a los figurones del estado, los bares que administraba servían también como tribuna de campaña. Se decía que cualquiera que pagara una ronda de trago bravo en los siete bares, garantizaba al menos una vacante de suplente en la Cámara municipal.

El día en que un vagabundo cualquiera le besó la mano y lo llamó doctor Trago Bravo, tuvo la idea de adquirir el título de barón. Lo consiguió por una bicoca; se lo vendió uno de aquellos barones empobrecidos que no tienen nada más allá de historias y una vieja toga. Se organizó una enorme ceremonia para que recibiera el título directamente de las manos del gobernador. Se encendieron fuegos artificiales, se distribuyeron bebidas, asaron el buey más grande que la ciudad había visto. Al día siguiente, sin embargo, ¿alguien lo llamaba barón Jacomías de Oliveira? Naturalmente que no. Sólo se hablaba de la tremenda fiesta que Trago Bravo le había dado al pueblo.

Secó su cabeza con el pañuelo, controlando el sudor y el sonrojo que denunciaban la sensibilidad del tema. Procuró los términos más delicados para explicar al guardián de nombres que comprendía al pueblo, que venía de esas gentes y con ellas aún estaba. Sí por no saber controlar el propio vicio un vagabundo cualquiera moría en uno de sus establecimientos, sufría como si fuera un pariente suyo. Quería después de todo, que comprendiesen que saludarlo con palmadas en la espalda o llamarlo Trago Bravo simplemente no era lo más adecuado.

Invertía en los mejores casimires, cortados y cosidos por los mejores sastres. Mandaba a lavar su ropa interior con agua de rosas en el establecimiento que atendía al rey en los tiempos de la Corona. Los pies que pasaban por las calles llenas de baches eran calzados por la piel más noble y suave, un par de zapatos renovados semanalmente. Decían que los banquetes que ofrecía se igualaban en buen gusto y variedad a los organizados en los grandes salones de París. ¡El gobernador lo trataba por su primer nombre! Y, aun así, todos los vagabundos de la ciudad se sentían cómodos para darle tres palmadas en la espalda y llamarlo Trago Bravo. Como barón Jacomías de Oliveira, necesitaba que entendieran que ese nombre se impondría, que Trago Bravo estaba tan sepultado como Trago Suave, su papá. ¿Pero cómo hacerlos comprender? Se sentó exhausto…

—Vea, el gobernador me hizo una propuesta el día de la ceremonia del nombramiento como barón. Tomábamos whisky importado, sólo nosotros dos, cuando él me sugirió integrar una candidatura invencible, la cosa arreglada. "Trago Bravo 88, en él se puede confiar". La propuesta era buena, ¡pero al mismo tiempo, ridícula, ultrajante! No se le pide a un rey que se vista de plebeyo, tampoco a un barón que vuelva a ser Trago Bravo. Me aconsejaron buscarlo a usted, doctor guardián de nombres, para explicarles a las personas, de una vez por todas, que soy el barón Jacomías de Oliveira. ¡Yo pagué por ese nombre! Hoy en día, cuando me gritan en la calle "¡hola, Trago Bravo!", las únicas ganas que tengo son de responder: "¡tu madre!"

Levantó los ojos hacia el guardián de nombres para suplicar ayuda: ¿lo podría resolver? Quería invertir, duplicar el número de establecimientos, intentar nuevos ramos, incluso, quién sabe, algún día gobernar la provincia. Soñaba mucho más. Quería contribuir al crecimiento de aquella joven nación, inspirar con su historia a otros jóvenes en el camino de la honestidad y el trabajo duro, explicar que el lloriqueo no paga las cuentas. Quería, en suma, dejar atrás los días y noches detrás del mostrador, los gritos de los embriagados, las provocaciones de los envidiosos: de esos, bastaban las monedas.

El gobernador lo aconsejó a apreciar el noble tratamiento entre los nobles, pero sin abandonar a aquellos que le entregaban todo el salario y aún le ofrecían un plato de comida, insistiendo para que lo aceptara. Le parecía cinismo, no obstante, ser una persona con dos nombres. Quería ser el barón, pero sin perder todo lo que tenía. ¿Podría ayudarlo? El dinero no era problema, si el doctor guardián de nombres pudiera ayudarlo. Era sólo decir cuánto costaba.

—Dispense usted, doctor, por favor —sin levantar los ojos, el nominador lo corrigió.

Abrió el cajón de su derecha, para rescatar una elegante pluma, la pieza central bien hecha en plata, la tapa en oro con una enorme gema fijada en la punta. Grabados a lo largo de la joya, había minúsculos hombres trabajando la tierra alrededor de un castillo, soldados y caballos de buena pinta, en estilo medieval. El guardián de nombres estiró el brazo sobre la mesa, ofreciendo la joya mientras tomaba la resma de papeles para colocarla delante del barón Jacomías de Oliveira, satisfecho con el peso de la pieza. Valía la pena estudiar solamente para tener en las manos una pluma como esa, concluía de sí para sí mismo. Bien había hecho en no apresurar la partida, vaticinaba, imaginando quién habría regalado al guardián de nombres aquella joya y la dimensión de la fortuna en ella contenida.

—Escriba o dibuje cualquier cosa.

A pesar de avergonzarse por la carencia de estudios formales, especialmente si era observado, no se resistió a manejar el tesoro. Era la pluma con la que un rey autoriza una ejecución, la pieza con la que un emperador concluía un tratado de guerra. ¡Era pesada! Enderezó el puño, envolvió la pieza con la punta de los dedos, recordando cuando le enseñaron a tomar el lápiz como un pico de pajarillo. Tocó delicadamente la hoja de papel, listo para escribir su nombre y su título, pero se sorprendió al notar que la pluma no tenía tinta. Con un gesto automático sacudió la pieza, para atrás y para adelante, temiendo que la tinta se derramara toda de una vez: debía estar sin uso desde hacía mucho tiempo. Nuevamente intentó la escritura y una vez más el mecanismo falló, la pluma pasaba sobre la hoja de papel, sin marcarla.

— ¿Está rota? —Preguntó, algo entristecido.

—No sirve para nada —respondió el nominador —si quisiera se la puede llevar. No vale nada.

No pudo dejar de abrir los labios y pestañear excesivamente ante la oferta, la pluma aún entre sus dedos. ¿Cómo era posible?, ¿no valía nada? Aquella pieza, solamente por el peso, valía tanto como todo lo que había acumulado en vida. Valía más que los siete establecimientos, la casa y el automóvil. ¿Cómo podía decir que no valía nada y ofrecérsela así?

Cualquier hombre que tuviera aquella joya guardada en la camisa, o sobre la mesa de trabajo, sería visto como un rey: ¿cómo podía dejarla en el fondo del cajón y ofrecerla al primero que aparecía? Incapaz de reaccionar a la oferta, se mantenía entre estático y embobado, mirando inmóvil, quieto.

—Está rota. Y fue fabricada con tanto esmero que arreglarla es imposible. Nunca más va a escribir: no vale nada. Es suya, si quisiera, o puede dársela a su chofer... —ya indiferente a la falta de reacción, el guardián atrajo de regreso la resma de hojas. Se puso entonces a trazar con la pluma ordinaria, mostrando que la tinta fluía abundantemente, escribiendo en el papel como la otra pluma no había sido capaz de hacerlo.

Como si el encanto hubiera sido quebrado, el hombre se levantó, dejando la más cara de las plumas sobre la mesa. Se arregló las ropas, dio la espalda, partió sin decir nada. Antes de cerrar la puerta, escuchó todavía el golpe hueco de la joya contra el fondo del cajón.

Se mantuvo en silencio en el interior del automóvil, ignorando las miradas del empleado, que lo sondeaba interesado en descubrir cómo se había dado la cosa. Retumbaba en sus oídos el sonido de la pieza abandonada, como si no fuera nada, en la oscuridad del mueble, así como la impresión que le había producido el objeto único, tal vez fabricado para el propio rey depuesto, que se deslizaría por el papel sin producir palabra alguna, inútil como los dedos de una criatura acariciando la hoja. ¿Habría entregado la pluma, sin exigir nada, sólo porque no escribía? Le parecía que sí, dada la manera como la había descartado, indiferente a su preciosidad, como si fuera un santo —o un brujo.

Describiendo una larga curva alrededor de la fuente de la entrada, el automóvil se estacionó enfrente de la residencia. Bien acomodado en la puerta, bajo las elegantes cornisas, el mayordomo esperaba al barón. Cuando el chofer se movió para darle la vuelta al auto y abrir la puerta, le interrumpió la intención con un sonido mínimo de los labios, ordenando que fueran primero al bar. En el camino se preguntó si había actuado adecuadamente frente al guardián de nombres, si había extraído todo lo que el encuentro ofrecía o había partido antes de alguna especie de conclusión mágica.

Cuando llegaron, saltó del carro dejando atrás cualquiera de sus dudas. Abrió la puerta sin esperar al chofer y saludó satisfecho a los clientes, algunos conocidos desde los tiempos de su padre. Fijó los ojos sobre la fachada, dedicando un instante a observar las letras que, hacía dos décadas, había pintado con tinta vieja. Pidió una dosis del trago que él había bautizado, bebió un poco después del brindis colectivo, ofreció una ronda por cuenta de la casa. Contó que se lanzaría a la política, "Trago Bravo, 88, diputado federal", y declaró humildemente contar con los votos de los amigos.

—Doctor barón Trago Bravo, nuestro diputado, cuente con nosotros —el vagabundo que cierta vez le había besado la mano levantó el vaso, algo emocionado, ofreciendo eterna fidelidad al patricio.

—Olviden el "doctor barón", mis amigos. Yo soy Trago Bravo.

Contaban que en aquella tierra había un hombre que guardaba nombres. En la noche anterior, ansiosa, planeaba avanzar confiada, casa adentro, y sentarse convencida delante del nominador. Se imaginó con el rosario entre los dedos y las manos en el regazo del vestido de bolitas blancas, narrando, sin rodeos, los motivos de su visita y las esperanzas que depositaba en el guardián de nombres. Nada más allá. Al cruzar la puerta, no obstante, una enorme y desconocida curiosidad la obligó a observar atentamente los detalles de la entrada — La mesita de madera maciza adornada en relieve, los tres ganchitos en la pared para sostener las llaves, el saco, el sombrero fuera de moda, — para después notar la bien organizada secuencia de gruesos volúmenes en pasta dura, que, del otro lado de la sala, la observaban, sobrios. Al frente de los libros estaba el guardián de nombres: los cabellos blanquecinos, curvado en exceso para su edad. Pluma en mano, delante de sí, el enorme libro abierto. No levantó los ojos, indiferente a quien entraba: era exactamente como lo habían descrito. Finalmente avanzó, los pasos cuidadosos como si temiera ser atacada, los ojos fijos en el nominador. Nunca había imaginado estar ahí.

Se sentó y percibió la boca seca, un nudo que le lastimaba la garganta. Estaba asustadoramente cercana, capaz de reparar en el formato de la nariz y en la piel de las manos del nominador. Apretó el rosario entre los dedos, lastimándose, antes de comenzar a hablar. La voz salió con dificultad, las palabras intentando fijarse sobre la lengua áspera: necesitaba un trago de agua, mas no lo pediría ni aceptaría nada de ahí. Respiró profundamente, esforzándose por la salivación imposible, contrayendo el abdomen como si fuera un punto de apoyo. Anunció finalmente que venía en busca de un nombre, pero no para sí. Confesó el inmenso esfuerzo que eso le exigía, la inmensa resignación, pues mucho había escuchado y mucho se decía sobre aquella casa. Era un inmenso amor lo que la llevaba hasta ahí, aclaró. Un amor absoluto. Un amor de sacrificio:

—Vengo aquí por un Amor como el de Cristo, una verdadera Pasión. Vengo aquí atendiendo un llamado de él —e hizo la señal de la cruz — que quede claro: estoy aquí en misión sagrada.

Miraba fijamente, segura, en presencia del nominador, que aún no había levantado los ojos. Aguardó un instante cualquier reacción; al no encontrarla —era un viejo brujo, alguna especie de animal— inició la narración de la forma como la había ensayado. La compasión era el sentimiento que la definía, la voz que guiaba sus días. Había creado a los hijos, cuidaba del marido, y de todos los demás hijos y maridos que pedían ayuda. Con ella contaban en cada festividad eclesiástica: era incansable, enérgica, incluso ayudaba en la casa parroquial. Era catequista, organizaba rifas, dispuesta a ayudar tanto en la contabilidad como en la limpieza de la iglesia. Los vecinos sabían que si faltaba personal de mantenimiento, o un niño enfermaba, o era necesario ir a la policía a presentar una queja, podían contar con ella. "De una incansable compasión", así la había descrito el padre en la misa de aniversario, y era incapaz de recordar estas palabras sin sonreír. Su compasión era, de hecho, infinita: en sus oraciones, nada pedía más allá de larga vida y salud para ayudar a los otros.

Jamás se habría evadido, de esa forma, al importante llamado que el diácono hizo, en los anuncios a la comunidad. Más que desafiante, era apasionante la posibilidad de extender la compasión más allá de las estrechas fronteras de sus relaciones. A pesar de su edad, fue la primera voluntaria, la primera en marcar su nombre en el grupo que viajaría en autobús hasta la aldea: quince horas de carretera para auxiliar en el catecismo. Las escenas que el diácono describió la impresionaron: un grupo de más de doscientos indios desnudos, sin contacto con el mundo exterior. Nómadas, ni siquiera sabían plantar. Vivían sujetos a los humores de la naturaleza, al clima hostil, a las fieras, y ahora a los madereros que, amenazadoramente, se aproximaban. El conflicto era inminente. Como madre, como esposa, como cristiana y catequista, no podía sentir nada más que una absoluta compasión. Decían que exageraba, que no era trabajo para una mujer de su edad. La comunidad era grande, había otros. No quiso escuchar aquello: imaginaba a los doscientos indios en su casa, en su mesa, y ella desdoblándose para enseñarles todo. ¡Decían que ni siquiera sabían usar el baño! Se imaginaba cuidándolos a todos durante la semana para, el domingo, llevarlos formados hasta la iglesia, dándoles lugar en las primeras filas. El llamado del diácono le llegó al fondo del alma, sintió que Dios hablaba directamente con ella en aquel momento. Aquella aldea y aquella gente rústica tendrían lo mejor de ella, lo mejor de la civilización…

Ni siquiera vio pasar los dos días de viaje, rezando todo el tiempo. Las quince horas previstas se basaban en la distancia dividida por la imaginada velocidad media, el cálculo de un diácono, no de un chofer. Evitando los baches de la autopista, escogiendo las carreteras vecinales para no llamar la atención de la policía forestal, el viaje se volvió un desafío mayor al de catequizar. El baño del autobús no bastaba a los pasajeros, faltaba mantenimiento. Cuando los jóvenes, llenos de energía y decisión en la partida, quisieron desistir y regresar, ella se puso más firme. No desvaneció, rezó todo el tiempo, confortada por la inquebrantable convicción con que el Señor la había ungido. Cuando finalmente encontraron el rústico albergue, punto de apoyo, y el bosque cerrado atrás de él, los demás respiraron aliviados por la conclusión del viaje: ella hizo la señal de la cruz, pidió una vez más fuerza y larga vida, pues sabía que, en verdad, la jornada apenas iniciaba. Aquel era el gran momento de su vida. Estaba ahí atendiendo a un llamado.

Al revés de los demás, descansar del viaje, estirar la espalda, hacer una buena comida para aguardar el horario de la misa, ella solicitó ir de una vez a la aldea. Ahí estaba para servir: ya había descansado, almorzado y rezado lo suficiente en esta vida. Era la persona adecuada, capacitada: quería que las vecinas, el padre y toda la comunidad la viesen ahí, derrochando disposición. ¡Rejuvenecía! ¡Eran los días más felices de su vida!

En las tres horas siguientes, subida en la camioneta, selva adentro, estiraba constantemente el cuello, ansiosa por divisar las malocas, casas de la comunidad, conforme las imaginaba. Sonreía al decir que se veía como la propia colonizadora, irguiendo la cruz en medio de los indios desnudos, observada con espanto. Ansiaba darse, entregarse, enseñar. Quería salvar sus almas, aunque fuera su último sacrificio. Estaba lista para entregar todo, si todo le fuera exigido. Cuando finalmente llegó, era muy diferente a lo que había concebido, pero sintió aún más confianza. Se indignó con el chofer, que permaneció cercano al carro, la mano en el arma. Ahí estaba para amarlos, como Cristo los amaba. Despreciando todos los consejos, entró en la aldea con los brazos abiertos, rezando, conminándolos a la entrega, a la fe. Era el Señor que actuaba a través de ella. De los doscientos indios anunciados, sin embargo, sólo encontró una veintena.

Con los ojos llorosos, narró al guardián de nombres la emoción que fue ser aceptada, ver a aquella gente jugar con sus aretes —tan simples, no eran una joya—y gesticular curiosos con sus ropas y el tono de su piel. Al enseñarles a juntar las manos en súplica y conducir la oración que Jesús había rezado, sentía que cumplía su misión de vida. Eran tan puros. Jugaban con sus cabellos y, si ella se interesaba por algo, simplemente se lo daban. La muerte los rondaba; se mantenían dóciles. Eran un campo fértil esperando la semilla: ahí estaba ella, con el privilegio de, por primera vez, llevarles la palabra sagrada. ¡Sólo podía estar agradecida! Vivían como animales, ignorando todo: el chofer contó que no plantaban, que morían jóvenes, que adoraban una especie de tronco, que no entendían la idea de familia, las parejas se cambiaban con libertad, las mujeres disponían de muchos maridos. Nadie les enseñaba nada a los niños, no sabían leer y escribir, no había una palabra por ser aprendida. Para ella, las críticas del chofer sólo volvían aquella oportunidad aún más increíble. Sería ella quien les llevaría el mundo, la civilidad, la venida de Cristo. ¿El guardián de nombres podía comprender lo que aquello significaba? ¡Les podía dar la noticia de que el hijo de Dios había venido a la tierra y había muerto por ellos!

El nominador levantó los ojos, pero no dijo nada.

— Yo sabía que eran caníbales: el diácono y el chofer me habían alertado. Me contaron también que enterraban vivos a los niños nacidos con problemas, y a los gemelos, todo para asustarme. Si hacían eso con los niños, ¿qué no harían conmigo? Claro que era asustador, me puedo imaginar —sacudió la cabeza, se bendijo—, sin embargo, era la incansable compasión lo que me movía. Estaban solos, abandonados a su propia suerte, después de la frontera del fin del mundo. Me tocaba salvarlos.

Una joven india, en especial, le llamó la atención. Sabía que el padre reprobaría tales ideas, pero confesó en voz baja que, aun así, las tuvo: sintió como si fuera su hija, de otras vidas, tan fuerte e inmediata fue la conexión. Estaba ahí por todos, pero antes por ella, lo supo de inmediato. Tenía catorce años y dos hombres la flanqueaban. Preguntó si eran sus hermanos: Descubrió que eran sus maridos; ¡ambos! Era linda, delicada, la más pura entre aquellos puros. Todo el tiempo la tomaba por el brazo, se involucraba con sus cosas. Era adorable Sucedió como si lo hubiera planeado, pero, si se hubiera ensayado, no habría funcionado tan bien: llamó a la chica para mostrarle cómo funcionaba el auto, cambió una mirada con el chofer. La dejó mover los espejos y encender la radio —se encantaba con la lucecita—. De repente cerraron las puertas y arrancaron: ella se asustó, pidió auxilio mientras los demás se agitaron, arrojaron cosas, corrieron. Nada hizo sino mantener a la chica entre sus brazos, susurrando "hijita, hijita" en sus oídos, confortándola como una madre que lleva al hijo al médico para un procedimiento doloroso. "Hijita, hijita", repetía cariñosamente, mientras el chofer aceleraba con rumbo a la pensión de la pequeña ciudad cercana, donde estarían seguros.

El guardián de nombres jamás podrá imaginar la inmensidad del desafío que es criar a una joven india. Desde los primeros momentos, ella comprendió la locura que era soñar en tener toda la aldea en su casa: ¡aquella única alma salvaje le daba más trabajo que todos los maridos e hijos de toda la comunidad! Imaginaba enseñarle el catecismo, guiarla con las oraciones, esclarecer los misterios, pero, durante las primeras semanas en la pensión, nada hacía sino insistir para que la chica usara el baño, comiese, se sentara y durmiera de manera correcta. Cada vez que ella dejaba el baño, estaba inmundo, a excepción de la taza, que nunca era utilizada. Comía con las manos, dormía en el suelo: era imposible cambiarle el hábito. No podía sentarse en la silla ni decir las palabras más simples. No consiguió que la llamase mamá de ninguna manera. ¿Cuál es la dificultad de balbucear ma—má? Aun así, no podía. Un día, finalmente entendió que se llamaba Zoeh, y trató de inmediato cambiarle el nombre: tal vez así las cosas fueran más fáciles. La bautizó María como la madre de Dios, y al lado de ella todos los días rezaba el rosario, esperando que, por el nombre e imitación, el Espíritu la alcanzara. La incansable compasión, de la cual se enorgullecía, parecía probada al límite con aquella única conversión, pero no desistiría: Dios era testigo de la inmensa dificultad de aquella única conversión.

Consiguió pequeños progresos, modestos frente a sus planes, pero que la alentaban. En algunas semanas la hijita aprendió a usar el baño y a comer, aunque en cuclillas y usando apenas el tenedor. Continuaba durmiendo y despertando muy temprano y prefiriendo el suelo, aunque ya se disponía a las oraciones, parándose a su lado, manteniendo las manos en palma, cerrando los ojos en cuanto los Ave María y los Padrenuestros resonaban por la habitación. No la dejaba salir, jamás, debido a que las ropas eran una barrera difícil de ser vencida: un simple calzón, una camisa larga, la incomodaban horriblemente. ¡Y no se podía hablar de zapatos! Eran modestos los progresos, animados por nada más que la fe que renovaba cada día con fervorosas oraciones siempre intensas, en las que pedía que la hija María aceptara a Dios en su corazón. Era el centro de todo, ¿el guardián de nombres lo podía entender? Le parecía que todos los niños a quienes enseñaba las oraciones, todas las banderitas que había cosido para fiestas exitosas, los ayunos, las novenas, los récords de rifas vendidas, los grupos organizados de señoras, nada valían si no consiguiera salvar aquella alma. Aquella pequeña alma. Entendía ahora el episodio de Cristo con el diablo en el desierto: la tentaba a expresar que, si la hijita resistía, debería regresar a la aldea. Quisiera declarar que hacía su mejor esfuerzo y que la decisión cabía a la chica. Sabía, sin embargo, que estas ideas no provenían de sí misma: era al otro a quien pedía que desistiera. Ella era la incansable compasión.

Arregló las cosas para la partida definitiva a su propia casa, creyendo que la proximidad de la selva perjudicaba el proyecto. Pidió al marido una orden de pago, acordó con el chofer el largo viaje hasta su ciudad natal en camioneta y por las mismas carreteras secundarias, abandonando el autobús y a los demás miembros de la misión. Arreglando una mochila con lo poco que ahí había explicó a su hija María que harían un gran viaje, un viaje definitivo, y que necesitaban rezar más que nunca, rezar hasta que les dolieran las rodillas para que todo corriese bien. La movía la incansable compasión, sentimiento sin lugar en el mundo: el chofer cobraría caro y la alertó que podrían ser acusados de secuestro. Las personas no entendían. Era su hija, su hija María, y la rescataba de la barbarie. ¿Qué no hace una madre por una hija? Las madres son sagradas, sólo las madres. La hija, la hijita María, tenía sólo catorce años: soñaba en llevarla a la casa y organizar un baile para su siguiente cumpleaños. Un bello vestido, los quince valses. Antes, requería convencer a su hija de usar al menos una única pieza de ropa, pero, como madre, soñaba.

Cuando recibió el aviso de la disponibilidad de la orden de pago, agradeció a lo sagrado efusivamente. Pidió a la hijita que estuviera quieta en el cuarto de la pensión una hora como máximo. Le explicó con gestos y palabras dulces, como si hablara con un bebé, que mamá ya volvía, que debería aguardarla de rodillas, rezando a Nuestra Señora de los Navegantes para que tuvieran un buen viaje. Cerró la puerta delicadamente, mirando hasta el límite de la rendija a su angelita, toda desnuda, con las manos en súplica y los ojos cerrados, de rodillas. Volvióse entonces y aceleró los pasos, decidida a cumplir las obligaciones y regresar lo más deprisa posible, temerosa de que la hija se lastimara o llorara, pues era la primera vez que se quedaba sola.

Por las calles de la pequeña ciudad, en la fila del banco, mientras pagaba al chofer y compraba las provisiones para el largo viaje, rezaba, repitiendo el Padre Nuestro, el Ave María y canciones religiosas para pedir al señor que cuidase a la hija sola, tan próxima a la partida, y a la salvación de aquella alma, que la cuidase solamente algunos minutos más, pues muy pronto estaría de regreso.

Cuando regresó, percibió algo en la mirada del recepcionista, y sintió que su corazón se aceleraba. Subió las escaleras más deprisa de lo que sus rodillas lo permitían, jadeando desesperada. El segundo de más con el que el recepcionista la miró de frente, le indicó que las oraciones no habían bastado. Encontró la puerta del cuarto abierta de par en par: sus piernas perdieron fuerza. Cuando cruzó el pórtico la ofendió el cuarto completamente destruido: ¡ropas y cortinas rasgadas, el radio astillado contra la pared, heces y orina por todos lados, la maleta arrojada desde la ventana hacia el patio interno, ¡la taza de baño quebrada —¡¿cómo tenía fuerza?!—, pedazos de la Biblia Sagrada destrozados y dispersos en medio de aquel escenario apocalíptico. Ninguna señal de la hija. Sintió la piel helada, faltar la respiración, y después de eso, nada más. Despertó con el recepcionista agitándola, llamándola mientras ella balbuceaba sin ser entendida, "hijita, hijita", sufriendo aquella pérdida como ninguna otra en su vida.

—Mi hijita… Aún puedo verla ahí, rezando con las manos juntitas, un angelito que Dios me dio para criar y dejé escapar.

El chofer la ayudó a organizar el cuarto y a rescatar lo que era posible. Negoció la reparación con el dueño de la pensión y la llevó hasta el punto de apoyo, el albergue, la villa a las orillas de la selva. Ahí, los misioneros la acogieron, siempre tan gentiles, y lloraron junto con ella al escuchar la narración de la aventura. Había hecho todo lo posible por salvar aquella alma, pero existía el libre arbitrio, decían intentando consolarla. No era algo que se podía hacer, debía confiar en los caminos de Dios, repetían para ella, que mecánicamente acompañaba las misas y novenas, preguntándose incesantemente dónde se había equivocado, si había forzado demasiado en algún punto, condenándose por haber dejado a la hija sola. Estaba tan cerca. Era solamente haberla llevado consigo.

De la selva, llegaban noticias: la india Zoeh, la bruja Zoeh, organizaba rituales mágicos. Había sustituido al hechicero después de la viruela que lo incapacitó y tomó para sí dos maridos más cuando las respectivas esposas murieron. Condujo a los sobrevivientes del grupo hacia la selva profunda, donde habitaban las fieras, exhortándolos a encontrar el ancestral común—aquel que les había enseñado cuáles frutos podían comer —y a vivir cerca de él. Vigilaba con rigor el cumplimiento de las tradiciones, desenterraba los muertos para comer sus carnes, iniciaba a los niños dejándolos con las manos dentro del hormiguero. Prohibió a la tribu acercarse a cualquier blanco, efectuar cualquier intercambio, avistarlos sin perseguirlos y matarlos. De los mateiros, exploradores que partieron en su búsqueda, regresó solamente uno, sin orejas, la nariz cortada con un cuchillo de piedra, la razón perdida para siempre. Asustados, los misioneros insistían en abandonar el proyecto, en retornar antes de ser agredidos, temiendo que un ataque estuviera siendo organizado.

Orando, resistió cuanto pudo. Por fin desistió y regresó con los misioneros, nunca en toda su vida había sido tan infeliz, llorando por su hijita, su angelito que había huido.

Cuando regresó a la ciudad, a la casa, a la capilla, marido e hijos, hizo lo que pudo para retomar las actividades con la misma pasión e intensidad anteriores, pero dentro de sí algo estaba partido.

Confesó sus dolores al padre, lloró abrazada al diácono, Pidió que las señoras del grupo de oración le dedicaran un Ave María todas las noches. Ayunó, y preocupó a todos con su pérdida de peso. Prometió a la Santa caminar mil kilómetros en caso de que la hijita regresara, pero no fue escuchada. En una mañana, ya desengañada, le vino la idea de buscar al guardián de nombres, y la primera reacción fue hacer la señal de la cruz. ¡No podría! ¡No se perdería en la herejía jamás!, que el nominador no la juzgara mal, pero había historias sobre él que la asombraban, sabía muy bien de lo que se trataba. La incansable compasión era, con todo, mayor que el temor: era quien era y lo que la sostenía. Para salvar a la hija, estaba dispuesta a todo, inclusive a pecar. Finalmente juntó las manos y suplicó al guardián de nombres, aclarando el motivo de su visita:

—Necesito que usted escriba en este libro el nombre de mi hijita, registre el nombre cristiano de ella. Es mi última esperanza para que ella regrese a casa, para la cristiandad, para mí. —Con el dorso de la mano secó sus ojos y un instante después retomó la súplica —por favor…

El guardián de nombres la miró largamente, la punta de uno de los labios discretamente levantada. Alisó la hoja corriente del enorme libro, tomó con naturalidad la pluma tintero, posicionó la mano con el fin de escribir el nombre, exacto, inequívoco. Acompañándole el movimiento con los ojos, la señora sonreía sin exhibir los dientes, satisfecha, agradecida por el éxito en el diálogo con el brujo. De súbito, sin embargo, su expresión se desdibujó, se convirtió en una expresión de espanto: no había escrito en el libro el nombre cristiano, el nombre que ella misma había escogido para la hija, ¡sino el nombre indígena! ¡El desgraciado había escrito Zoeh en el libro de registros, en lugar del nombre correcto! ¡¿Cómo había sido capaz?! ¡Era mucho atrevimiento, era burlarse de sus sentimientos maternos! Era despreciar todo el esfuerzo de ella para salvar a la hija, y condenarla a vivir para siempre perdida en las profundidades de la selva.

Levantó los ojos y el dedo índice, lista para protestar, respirando fuertemente, pero encontró al guardián de nombres mirándola fijamente, aún con la pluma en la mano. Sintió un vacío en el estómago: ¿y si robase su nombre? Se levantó apresuradamente y huyó de la casa, haciendo el camino de vuelta entre rezongos y lágrimas por la hija perdida para siempre. Notó que había dejado caer el rosario de madera: que se había quedado ahí como una respuesta al brujo. Ya solo, el guardián de nombres observó el nombre recién escrito de la india y lo acarició delicadamente después de tener la certeza de que la tinta había secado. Entonces, cerró el enorme libro.

www.ingramcontent.com/pod-product-compliance
Lightning Source LLC
Chambersburg PA
CBHW032107170626
46808CB00008B/2969